寻找马洛里

The Search

[英] 杰夫·戴尔/著
叶芽/译

浙江文艺出版社
Zhejiang Literature & Art Publishing House

图书在版编目（CIP）数据

寻找马洛里 / （英）杰夫·戴尔著；叶芽译. 一杭州：浙江文艺出版社，2020.5（2024.11 重印）
ISBN 978-7-5339-6067-4

Ⅰ.①寻… Ⅱ.①杰… ②叶… Ⅲ.①长篇小说—英国—现代 Ⅳ.①I561.45

中国版本图书馆 CIP 数据核字（2020）第 047617 号

寻找马洛里

XUNZHAO MALUOLI

作　　者：[英] 杰夫·戴尔
译　　者：叶　芽
责任编辑：童潇骁　周　易
营销编辑：张恩惠
封面设计：棱角视觉

出版发行：浙江文艺出版社
地　　址：杭州市环城北路 177 号
网　　址：www.zjwycbs.cn
经　　销：浙江省新华书店集团有限公司
印　　刷：杭州富春印务有限公司
版　　次：2020 年 5 月第 1 版
印　　次：2024 年 11 月第 3 次印刷
开　　本：787 毫米 × 1092 毫米　1/32
字　　数：135 千字
印　　张：8.375
插　　页：4
书　　号：ISBN 978-7-5339-6067-4
定　　价：49.80 元
（如有印、装质量问题，请寄承印单位调换）

童话故事和传说里经常会说到有一位骑士，偶然看到一只不同寻常的鸟儿，于是开始捕捉它。刚开始的时候那只鸟儿似乎就近在眼前，但接着又飞远了，就这样一直到天黑。骑士与同伴们走散了，迷失在荒野里，最终在这片荒野里找到了自我。

——索伦·克尔凯郭尔（Søren Kierkegaard）

越过每一片海洋的人只不过重复着千篇一律的自我。我所穿越的海洋比世上任何人都多。我见过的山峰比地球上绝大多数人也要多。我去过的城市比存在的还要多，我甚至穿过了现实世界并不存在的河流，它们绝对都在我冥想的凝视中流淌……

我离开了吗？我无法保证。我发现自己在另外的土地上，在别的港口，正路过一些城镇，这些城镇既不是这里，也不是那里，甚至根本就不是城镇……

——费尔南多·佩索阿（Fernando Pessoa）

中译本序：极乐生活指南

孔亚雷

> 生活本身就是极乐。它不可能是别的，因为生活就是爱，生活的全部形式和力量都在于爱，产生于爱。
>
> ——费希特，《极乐生活指南》，1806

我有一个习惯（我本来想说坏习惯，但习惯，从本质上说，跟欲望一样，是超越善恶的）：在写一篇文章之前，要无所事事地晃荡一段时间——时间的长短与文章的重要性成正比。我在各个房间走来走去。我给自己弄各种喝的。我整理书架。我听音乐。我上网。我到院子查看花草的生长情况。我出门散步。我担心下雨（因为没带伞），又担心不下雨（因为院子里的植物需要雨水）。诸如此类——这是第一阶段。第二阶段，我终于让自己坐下来，虽然不是在书桌前，而是在沙发上，我面前摆着两叠书，一叠是与要写的文章直接相关的，另一叠则是我凭本能从书架上胡乱抽出来的。然后我开始翻翻这本，翻翻那本，做点零星的、毫无系统的笔记，在可能会引用的句子下面画杠（同时继续不断站起来去给自己弄各种喝的）。最后，当这种福楼拜所说的“腌渍状态”达到极限，也就是说，当我再也无法忍受了，我才会坐到一直开着的—— 一直处于一种自欺欺人的虚假备战状态的——电脑前，这样我便进入了晃荡期的第三阶段：我不知道怎么给文章开头。因为它如此重要。重要到我几乎不敢，不忍心，甚至不舍得给它开头。因为我知道一旦写出开头，我就不可能写出**更好的**开头。总之，我是那么地渴望写出开头，以至于几乎不可能写出开头。

这篇文章也一样。不，应该说更加。因为我意识到，自己这种拖延写作的习惯，这种焦虑和折磨，这种充满黑色幽默的欲望悖论，完全是“杰夫·戴尔式”的。所以这很自然：当我写（将要写）杰夫·戴尔的时候，我就变得更加**杰夫·戴尔**。也就是说，虽然我们对这种状态并不陌生——不管那是写文章，谈恋爱，还是找一家好餐厅——但正如所有优秀的作家一样，是杰夫·戴尔将它——将这种后现代焦虑，提炼成了一道定理，那就是：**我是那么地渴望……以至于不可能……**

我是那么地渴望睡着，以至于不可能睡着。我是那么地渴望真爱，以至于不可能得到真爱。我是那么地渴望写好这篇文章，以至于不可能写好这篇文章（所以如果写不好请谅解）。

这条“杰夫·戴尔定理”，在他的代表作之一，《一怒之下：与D.H.劳伦斯搏斗》中，得到了最绝妙的体现。

“多年前我就决心将来要写一本关于D.H.劳伦斯的书，向这位让我想成为作家的作家致敬。”杰夫·戴尔在《一怒之下》的开头写道。每个作家都有一个让他（或她）想成为作家的作家，一个父亲式的作家。他们之间常常会有一种类似血缘关系的亲近、继承和延续。跟劳伦斯一样，杰夫·戴尔也出身于英国蓝领阶层家庭（生于1958年，父亲是钣金工，母亲是餐厅服务员），他们甚至在长相上也很相近（“我们都是那种窄肩膀、骨瘦如柴的男人，劳伦斯和我。”）；跟劳伦斯一样，大学毕业后（牛津大学英语文学系），杰夫·戴尔没有如父母所期望的那样跻身“安稳而受尊敬的”中产阶级，而是成了一名四海为家、以笔为生的自由作家；跟劳伦斯一样，无论是在文学上还是在地理上，他都竭力远离英格兰的严肃和阴霾，在为美国“现代图书馆版”《儿子与情人》所写的前言中，他这样总结劳伦斯：“……经过一系列的波折，他最终觉得自己‘不属于任何阶层’；经过多年的游荡，在任何地方都觉得自己像个陌生人，他最终觉得‘在任何地方……都很自在’。”显然，这段话同样可以用来形容杰夫·戴尔自己。

事实上，这段话也可以作为对《一怒之下》奇异文体的一种解读。这部关于D.H.劳伦斯的非学术著作，既像传记又不是传记，既像小说又不是小说，既像游记又不是游记，既像回忆录又不是回忆录，它的这种“四不像”文体，最终让人觉得它“不属于任何文体”；而这也许是因为，经过多年的文学游荡，杰夫·戴尔发觉自己对任何一种特定文体都感到陌生、不自在，以至于他最终创造出了一种“对任何文体都很自在”的新文体——一种融合，或者说超越了所有特定文体的后现代文体，一种反文体的文体。

所以，虽然书中的“我”一再声称要写一部“研究劳伦斯的严肃学术著作”，但最终却写成了一部既不严肃也不学术，而且让人从头笑到尾的幽默喜剧。它仍然是关于劳伦斯的，不过更准确地说，是关于“想写一部关于劳伦斯的书却没有写成的书”，或者，用“杰夫·戴尔定理”来表述，是关于“他是那么地渴望写一本关于劳伦斯的书，以至于不可能写出一本关于劳伦斯的书”。作者——不无自嘲地——在扉页上选用的两条题记生动地说明了全书的写作手法与结构（以及书名来源），一条摘自D.H.劳伦斯1914年9月5日的书信：“一怒之下，我开始写哈代的书。恐怕这书除了哈代将无所不谈—— 一本怪书——倒也不坏。”另一条则是福楼拜对雨果《悲惨世界》的一句评价：“无关紧要的细节说明没完没了，对主题不可缺少的东西却丝毫没有。”

悲惨世界。跟所有效果强劲的——也就是让我们不自觉地不断笑出声的——伟大喜剧文学一样，《一怒之下》也把我们带入了一个多灾多难、充满荒诞色彩的“悲惨世界”；但与《匹克威克外传》或《好兵帅克》不同，《一怒之下》中的主人公所遭受到的磨难品种极其单一，那就是作者“我”的极度写作焦虑：

> 虽然我决定要写本关于劳伦斯的书，但同时也决定要写本小说……最初，我迫切地想要同时写这

> 两本书，但这两股欲望互相拉扯，到最后哪本我都不想写了。……最终，我能做的就是在两个文档——空文档——之间犹疑不定，一个文档叫C:\DHL（劳伦斯的全名缩写），另一个叫C:\NOVEL（小说），在被它们像打乒乓一样来回纠结了一个半小时后，我不得不合上电脑，因为我知道，最糟的就是像这样把自己拖垮。最好的做法就是什么都不做，平静地坐着，当然，不可能平静：相反，我感到彻骨的悲凉，因为我意识到自己什么都写不出，不管是劳伦斯还是小说。

但为什么？为什么一个人的焦虑会如此好笑，如此吸引人？答案是：《猫和老鼠》。汤姆猫就是“我”，而老鼠杰瑞就是那本“关于劳伦斯的书”。虽然花样百出没完没了，但主题只有一个：猫千方百计地想制伏老鼠，但怎么都无法得逞（并受尽折磨）——“我”千方百计地想写出那本关于劳伦斯的书，但怎么都写不出（并受尽折磨）。继在写劳伦斯和写小说之间纠缠不休之后（他最终决定放弃小说），他又遇上了一个新问题：他不知该在哪儿写劳伦斯，因为他可以选择住任何地方——所以他无法选择住任何地方。他先是在巴黎（太贵)。然后去了罗马(太热)。然后又去了希腊(太美)。总之,没有任何地方适合写作(希腊部分是全书的高潮之一,他不仅——再次—— 一个字没写,还遭遇了一场车祸,而你可能会笑得连书都拿不稳)。于是他决定转而展开一场文学朝圣。可当他和女友劳拉费尽周折来到意大利西西里劳伦斯住过的喷泉别墅时,“我能与以前读到的文学朝圣者产生一种共鸣,我绝对能理解当时他们的感受,那也是我此刻的感受:你看了又看,结果发现所谓的朝圣感其实并不存在”。因此,这本书最终成了一部充满失败的流水账,一部焦虑日记,而它的魅力则源于所有叙事艺术的本质:关于他人的痛苦。跟《猫和老鼠》一样,它满足了我们的虐待狂倾向(施虐兼受虐),它让我们大笑、觉得欣慰,甚至鼓舞,就像纪德说陀思妥耶夫斯基日记中反复出现的各种痛苦和折磨——贫穷、疾病、写作障碍——让他觉得激励,因为“尽管如此,他还是写出了作品”。

同样,尽管**如此**,他还是写出了这本关于劳伦斯的书。不仅**如此**,杰夫·戴尔还用他那自由自在的新文体,用如香料般遍洒在文本中的对劳伦斯作品的摘录、描述和评论,为我们勾勒出了一个独特的D.H.劳伦斯。我们从中得到的不是一个伟大作家干瘪的木乃伊,而是他留给这个世界的一种感觉，一种精神—— 一阵裹挟着劳伦斯灵魂的风，正如作者在朝圣之旅的尽头，在新墨西哥劳伦斯去世的小屋的游廊上，看到一只摇椅和一把扫帚时发出的感慨：

> 不管它们是不是从劳伦斯时代就一直在那儿——几乎可以肯定不是——那只椅子和扫帚比我们见过的任何劳伦斯遗物都更能体现他的精神：它们仍然有用，它们存在的目的超越了生存下去的简单需要。

在《一怒之下》的结尾，主人公再次剖析了自己为什么对写一本关于劳伦斯的书如此感兴趣，原因是“为了让自己对此完全不再感兴趣”。然后他接着说：“一个人开始写某本书是因为对某个主题感兴趣；一个人写完这本书是为了对这个主题不再感兴趣：书本身便是这种转化的一个记录。”这是杰夫·戴尔定理的一个变体：他对某个主题是如此感兴趣，以至于最终——在就这个主题写了一本书之后——变得对它毫无兴趣。

这句话可以说是对杰夫·戴尔写作生涯的完美总结。今年五十五岁的他出版过两部随笔集、四部小说，以及六部无法归类——“不属于任何文体”——的作品。他的小说给他带来的声誉非常有限（这点我们稍后再谈）。他的文学影响力主要建立在那六本——用劳伦斯的话说——怪书上。它们按时间顺序分别是：《然而，很美》（关于爵士乐）、《索姆河失踪战士纪念碑》（关于一战）、《一怒之下》（关于D.H.劳伦斯）、《懒人瑜伽》（关于旅行）、《此刻》（关于摄影），以及最新的《潜行者》（关于塔可夫斯基的电影《潜行者》）。如果说这些看上去毫无联系的主题有什么共同点，那就是它们都曾让杰夫·戴尔“如此感兴趣”，以至于要专门为它们写本书，以便彻底耗尽自己对它们的兴趣——然后转向另一个兴趣。

这也许正是为什么他至今都没有写出一流小说的原因。因为他对写小说——对纯粹的虚构——从未“如此感兴趣”。写小说对他来说更像是出于一种责任，而不是兴趣。在杰夫·戴尔的写作中，“兴趣”是个核心的关键词。他最好的作品都源于兴趣，源于热爱，源于对愉悦、对快乐——对极乐——顽强而孜孜不倦的渴求。他回忆说，当他刚大学毕业时，“以为当作家就意味着写小说，要不你就是个评论家，评论作家写的小说”。然后他发现了罗兰·巴尔特、本雅明、尼采、雷蒙德·

威廉姆斯和约翰·伯格，于是意识到“还有另一种当作家的方式”，他用威廉·哈兹里特的话来形容这种方式：“无所事事地闲逛，读书，欣赏画作，看戏，聆听，思考，写让自己感到最愉悦的东西。”“还有什么生活比这更好吗?”他感叹道，“这种生活最关键的一点就是闲逛，在学院派的门外闲逛——不想进去——不被专业研究的条条框框捆死。”上面的六本“怪书”显然就是这种“闲逛”的产物。虽然它们的主题都相当专业，都谈不上新鲜（而且已经被多次出色地阐释过），但还是让我们耳目一新：那些漫游般的视角，恣意生长的闲笔，令人惊艳的描绘……如果说学院派的学术专著像宏伟规整的皇家园林，那么杰夫·戴尔就是一座无拘无束、杂乱无章的秘密花园，里面充满了神秘、惊喜，以及生机勃勃的野趣与活力。

这六部作品中，主题性最不强的是《懒人瑜伽》。虽然它获得过“2004年度W.H.史密斯最佳旅行书籍奖”，但我们还是无法把它当成一部真正的游记。它更像是一部“自传、游记、短篇小说”的混合体。书中的十一个故事发生在除了英国之外的世界各地（新奥尔良、柬埔寨、泰国、巴黎、罗马、迈阿密、阿姆斯特丹、利比亚……），都用第一人称叙述。用**故事**来形容它们是合适的，因为你很难分辨它们到底是真是假。一方面，它很像一部活页夹式的、以地点为线索的自传，用坦率、自嘲、毫不自得的口吻告诉我们（罗兰·巴尔特曾在一篇文章中问："我们该如何毫不自得地谈论自己？"这本书是个很好的回答）：杰夫·戴尔是个自由作家——不过大部分时候都陷于写作瓶颈中；他喜爱电影、音乐和羊角面包，但他最爱的还是闲散……而另一方面，不知为什么，这些故事又散发出唯独短篇小说才会有的那种画面感、悬念感，那种微妙的共鸣与回味（尤其是那篇《臭麻》，几乎**就是**一篇美妙的短篇小说），以至于让人怀疑这一切都是某种精巧的虚构。与此同时，你也不得不承认，它丝毫无愧于那项"最佳旅行书籍奖"。既不像奈保尔那样充满政治性，也不像保罗·索鲁那样机警睿智，杰夫·戴尔的做法是让自己成为自己所写的地方，或者说，让那个地方成为杰夫·戴尔，通过与那个地方融为一体，他准确而极富直觉性地捕捉到了那里的本质——那里最本质的情绪，因为那也是他自己的情绪：在新奥尔良，那是密西西比河的疲倦与失落；在泰国，那是热带海洋的情欲修行；巴黎是海市蜃楼般的虚幻；迈阿密弥漫着超现实的荒诞；而在罗马，他自己也"渐渐成了废墟"。

苏珊·桑塔格说：“优秀的作家要么是丈夫，要么是情人。”杰夫·戴尔显然是后者——《懒人瑜伽》就是最好的证明。它迷人、性感，富于诱惑力，它具有作为情人最根本的特征：把欲望摆在道德的前面。它让我们觉得（并相信），跟真实而纯粹的欲望相比，道德显得虚幻、虚伪，甚至荒谬。在杰夫·戴尔笔下，欲望不仅纯粹，而且纯洁，因为它已经不再是我们熟悉的那种被道德污染的欲望，而是一种极乐，一种由此产生的狂喜和宁静。这种极乐主要有两种表现途径：一种是像《一怒之下》中那样，表现为追求极乐过程中的极度焦虑、疲倦和绝望，具体说就是琳琅满目的写作障碍；另一种则是对极乐状态本身的描写，具体表现为《懒人瑜伽》中那绵延不绝的性和各种致幻剂（大麻、LSD、迷幻蘑菇……）。对于前一种，他使用的笔法常常略带夸张（一种冷静的、充满黑色幽默的夸张），而对后一种他却轻描淡写，不动声色：当他谈论性和致幻剂时，口气就像在谈论意大利皮鞋或者动物园的海豹。比如“我们接吻，各自握着一只精细的酒杯，放在对方的背后。接完吻后我们不知道做什么，就又接了些吻”。而当阿姆斯特丹的一家咖啡馆不让他们嗑药，把他们撵出去时，其中一个人抱怨说“这就跟因为喝啤酒而被酒吧赶出来一样”。在泰国小岛的沙滩上，他看见一个穿红色比基尼的美女——她叫凯特，他们后来上了床——在海中游泳时被水母蜇得满身伤痕，第二天他对她说：

> “（昨天）我看见你从水里出来，有两个特别强烈的反应。”
>
> “是什么？”
>
> “我会告诉你，但如果可以的话，我想不按顺序告诉你。”
>
> “可以。”
>
> “一个反应是：想到是你而不是我被蜇了，我大大地松了口气。”
>
> “另一个呢？”
>
> “你穿着红色的比基尼，性感极了。”

如果说《一怒之下》让人想笑，那么《懒人瑜伽》则让人想做别的事。它的鲜活和流畅，它所营造的气氛和舒适感——就像一个放着冷爵士，有柔软沙发，光线恰到好处的小咖啡馆——会让你有种温柔而暧昧的愉悦，会激起你生理上的渴望。你会想放下书发会儿呆，想喝杯冰镇啤酒，想找个人接吻，想也来点大麻。但它们要么太容易做到（以至于懒得去做），要么太难做到（所以也懒得去做），最终你发现你唯一能做的就是：去读更多的杰夫·戴尔。

这也许可以部分地解释为什么《杰夫在威尼斯，死亡在瓦拉纳西》会成为杰夫·戴尔迄今最有名的小说。在某种程度上，它很像是《懒人瑜伽》的拉长版。它由两个看上去没有太大联系的中篇构成，第一篇用第三人称—— 一个小小的伎俩，使其更具小说感——叙述了一个叫杰夫瑞·阿特曼的自由撰稿人在采访威尼斯双年展时的完美艳遇；第二篇中，同为自由撰稿人的“我”前去印度瓦拉纳西采访，最终却决定永远羁留在肮脏而神圣的恒河之滨。它具有《懒人瑜伽》的全部优点，但却更令人震撼，这既是因为其中对性和迷幻药的描写更加勇敢而详尽，也是因为它散发出一股混杂着厌倦与悲悯的哲学意味，一种对“杰夫·戴尔定理”的禅宗式解答。

这种禅宗式解答，也曾以一种完全不同的方式，出现在他的第二部小说《寻找马洛里》中（《杰》是第四部）。跟其他三部小说相比（另外两部是《记忆的颜色》和《巴黎迷幻》，分别回忆了他以嬉皮士兼见习作家身份在伦敦和巴黎度过的青年时代），《寻找马洛里》

是最不自传性的，最像小说的——可能也是最好的。

“这场搜寻开始于沃克与蕾切尔的相遇。”这是小说的第一句。一开始，《寻找马洛里》看上去仿佛是部十分正常——正常得几乎有点乏味——的硬汉派黑色侦探小说。落落寡合的中年男子沃克在一次派对上认识了神秘女子蕾切尔，后者请求他帮助寻找自己失踪的丈夫马洛里。他答应了，因为无聊，因为蕾切尔那“不确定性”的美，因为这是侦探小说。从马洛里信用卡账单上的租车公司，到其下榻酒店的电话记录，到查明那个电话号码的拥有者是住在默里迪恩的马洛里姐姐，至此一切正常——也就是说，仍然乏味。但就在他开车前往默里迪恩的路上，天气突变，“一道闪电划破夜空。接着是一阵长久的寂静，久得仿佛寂静本身就是一种等待，然后雷声大作”，而当他迷路后下车走向一家小镇餐厅，“雨声听起来就像肥肉在油锅里煎炸”。这场大雷雨是条分界线。而迷路既是事实又是隐喻。当雨过天晴，我们已经进入了另一个世界。在默里迪恩，沃克发现除了一张蕾切尔寄来的模糊不清的照片，一切线索都中断了，他甚至考虑要求助于塔罗牌或通灵师：

> 尽管这些想法荒诞至极，但这标志了一个转折点——转机的开始——在他寻找马洛里的过程中。从这一刻开始，这场搜寻的性质发生了微妙的变化，他将越来越少地依赖外在线索，而更多地依靠自己对在相似的环境下马洛里会做些什么的直觉。

这的确是个转折点，也是一个对读者的暗示，它好像在说：所以，你看，这其实**不是**侦探小说。一切都似乎没变，一切似乎又都变了。就像进入一个逼真的梦境，一切都跟现实一模一样，但偶尔随意掠过的超现实场景却因此更加令人惊颤：在一个酒吧，电视上正在转播的球赛比分是540比665。随着搜寻的继续，线索的来源变得越来越不可思议（它甚至会"像风中的种子"一样直接落入他脑海），同时，以一种理所当然——因而也是不知不觉——的方式，类似的超现实场景越来越多，直到最终彻底取代了现实。他来到一座像整幢建筑物的城市，那里"没有马路或街道，但走廊和过道充当了街道，巨大的舞池成了停车场，无数的房间代替了一栋栋的房子"。在一座叫"独立"的冻结之城，世界像庞贝古城一样被凝固在瞬间，一幅"静止的繁忙景象"，走在这群活雕像之间，他发现"像这样冻住之后，每个姿势都近乎完美，那是人们普通一天的生活片段——无论多么微不足道，都值得像对待伟大的艺术品一样看待……每个细微的生活瞬间都被揭示出来”。在到处荡漾着风铃声的新月城，一切都如此似曾相识，以至于他“重复以前做过的动作”，走进一栋老木头房子，他看见花园里有个头发花白的男人，他有着跟自己一样的习惯动作——“用拇指和食指拽自己的右耳”，而在书桌上有张明信片，“明信片的背面是他自己的笔迹，写着图片中城市的名字：艾姆利亚。”于是，艾姆利亚，“那是个广场城市，四周是红色的塔楼和看不到尽头的拱廊。……这儿没有距离和方向感，只有城市的全景，深黄色的墙壁，赭色的街道。整个城市从任何一个方向看都是一样的——拱廊、广场、塔楼和长长的影子——但每看一眼感觉都不一样，有股陌生感”。这显然正是基里科那幅著名油画《抵达之谜》所描绘的城市，画中浓郁的神秘感和超现实主义气氛与这部小说极为契合。随后，他走到同样散发出强烈基里科感的海边（“一根白色的拐杖靠在墙边。一尊雕塑遥望着大海。”），看见海岸边有本书：

书页在风中翻动着——可是那儿并没有风。所有的东西都是静止的，只有书页在翻动，像是有风吹过。他走近那本书，听到书页翻动的声音：这本书就像活的一样，仿佛是个什么生物，它的呼吸只够维持这样轻微的动作。

在此，这场梦境式寻找达到了顶点（又一部《抵达之谜》，但比奈保尔的更贴切）。这本“像活的一样”的书，不禁让人想起博尔赫斯的嵌套式迷宫，我们不禁觉得，这本书就是**这本书**，这本《寻找马洛里》。的确如此。因为“虽然每一页都被海水溅得斑斑点点，但上面都写着他经过的那些城市名，按照他走访的顺序。艾姆利亚是这本书上的倒数第二个名字，最后一个城市……名叫涅米西斯”。

梦境开始像海潮般渐渐退去。在旅程的终点，沃克所拥有的唯一正常线索，那张马洛里照片，发挥了作用。在一个前卫导演正在制作的新型电影中（一部“城市蒙太奇”，由“这个城里的居民或游客所拍摄的照片、快照和录像组成”），他发现了马洛里的踪迹，但似乎有越来越多的证据表明，马洛里其实一直远在天边近在眼前，甚至有可能——就是沃克本人。

只是**有可能**。与很多借用侦探小说外壳的后现代小说一样，它给出的答案是开放的、不确定的、似是而非的，散发出抽象的形而上气质，一如这方面最典型的代表，保罗·奥斯特的《纽约三部曲》。而对那些幻想城市充满细节与想象力的描述，则可以看成是卡尔维诺《看不见的城市》的“美国现代版”。书中还有几场精彩的追杀和打斗戏，强烈的视觉效果显然是对六十年代黑色电影及黑色漫画的借鉴和致敬。只要稍加分析，我们就会发现，《寻找马洛里》与《一怒之下》有着相似的追寻模式：沃克寻找的马洛里，就是“我”想寻找（写出）的劳伦斯；而最终，就像“我”写出的更多是关于“我”自己（而非劳伦斯），沃克找到的也是他自己（而非马洛里——甚至连马洛里这个人名，也是对雷蒙德·钱德勒笔下的硬汉侦探，菲利普·马洛的一种变形，于是马洛式的沃克一直在寻找的是另一个马洛，也就是另一个自我）。它们最后都通向一个充满禅意的悬而未决：我们终将变成我们所追寻的东西——或者说，**无论我们在寻找什么，实际上我们都是在寻找自己**。仿佛忍不住要给它刻上一个杰夫·戴尔印记，在旅程的后半段，作者让沃克陷入了一次“杰夫·戴尔定理”，在一个破败的小镇，当他经过无比漫长的自虐式拖延，终于再度上路时，他感到一种筋疲力尽后的超脱，一种否极泰来，然后他像个开悟者那样说：“每件事最终都走向幸运。这场寻找是一种幸运……幸运就是一切。”

《寻找马洛里》出版于1993年，作为独立的一部小说看它也许略嫌单薄，但如果把它放到杰夫·戴尔的整体作品谱系中，它的精练与节制，它的非自传性，甚至它的单薄，便都获得了一种新的光芒，显得既必要又重要，就像一首交响曲中的过渡部分。正如《杰夫在威尼斯，死亡在瓦拉纳西》与《懒人瑜伽》的一脉相承，《寻找马洛里》也是对杰夫·戴尔1991年的作品，《然而，很美》的一种呼应和延续。被《洛杉矶时报》称为“也许是有史以来关于爵士乐的最佳书籍”，《然而，很美》无疑是杰夫·戴尔至今最为精美，同时也是最受欢迎、影响力最大的作品（它的美国版十年间重版了九次）。

这本书也是他那六部“怪书”的开端。在一篇名为《破门而入》的随笔中，他回忆了自己在美国新泽西的爵士乐研究学院查找资料时遭到的诘问，“他（图书馆员）想知道我在写的这本书是不是有关爵士乐史。不是，我说。传记？不是。好吧，那么它究竟是什么类型的书呢？我说我也不知道”。他确实不知道——也不想知道。在《然而，很美》的序言中，他说："当我动手写这本书的时候，我并不清楚该采取怎样的形式。这点很有好处，因为这意味着我必须即兴发挥，于是从一开始，主题的基本特性便赋予了写作一股活力。"所以，不管这是什么类型的书，这都是一本充满爵士乐即兴精神的书，一本闲逛式的书。打开它，你就像走进了一座藏在城市角落的小型爵士乐博物馆（当然，是私人性质的），里面只有七个不大的房间，每个房间都属于一位爵士音乐家，房门上用漂亮的花体写着他们的名字：莱斯特·扬。瑟隆尼斯·蒙克。巴德·鲍威尔。本·韦伯斯特。查尔斯·明格斯。切特·贝克。亚特·派伯。你一间一间**逛**下去。与常见的博物馆展厅不同，这里几乎没有任何资料性的说明或展品，也没有专业的讲解员。但有音乐，有家具，有明暗摇曳的光线，光线里飘浮着尘埃般的回忆。每个房间都弥漫着自己独特的气氛：有的温柔，有的迷幻，有的忧伤，有的狂暴……你坐下来，让身体陷入沙发，你闭上眼睛，你能听见音乐，你能**看见**音乐……

这就是它给人的感受。因此，这本书不是研究的结果，是感受的结果。它的写作不是源于学术上的需要，而是源于情感上的需要——源自于爱。在上述的同一篇随笔中，当被问到他有什么资格去写一本关于爵士乐的书——既然他既不是音乐家，也不是音乐评论家——杰夫·戴尔回答说："什么资格都没有，我只是爱听。"所以并不奇怪，从结构到内容，这本书都散发出典型的爵士乐气质：既遵循传统，又勇于创新；既严谨，又自由；既随心所欲，又浑然天成。它的主体由七个篇幅差不多的部分组成，每部分都聚焦于某一位爵士音乐家，之间再用艾灵顿公爵电影片段般的公路旅程把它们串联起来（就像连接七个房间的走廊），最后是一篇作为后记的，条理清晰、语气冷静并极具创见的爵士乐论文（尽管如此，作者还是认为它"只是一种补充，而非与正文不可分割的一部分"——就像博物馆里设计很酷的小卖部）。

这七部分，无论是篇幅还是文体，都让人想到短篇小说——后现代短篇小说。它们由无数长短不一、非线性的片段构成，以一种错落有致的方式连缀在一起。场景，对话，旁白，引用，突然插入的评论，梦……但它们又不是真正的短篇小说，它们缺乏好小说的那种纵深和角色代入感——再说，它们的目的也不是为了变成小说。正如作者在序言中说的："那些音乐里发生了什么？为了描绘出我心中的答案……最终形成的东西越来越类似于小说。然而，与此同时，这些场景依然是一种刻意而为之的评论，要么是对一首乐曲，要么是对一个音乐家的某种特质。于是，应运而生的，既像是小说，也像是一种**想象性评论**。”

这种杰夫·戴尔所独创的“想象性评论”，也许是评论爵士乐的最好方法——尤其是考虑到这本书的出色表现。这主要是因为，从本质上说，爵士乐——或者说音乐，或者说艺术——是无法评论的。艺术是用来欣赏的，不是用来评论的。传统评论存在的目的是为了引诱或引导你去欣赏（就像本文），即使在最好的情况下，它也是次一等的艺术（比如厄普代克的书评）。在后记中，杰夫·戴尔引用了乔治·斯坦纳的话：“对艺术最好的解读是艺术。”他接着说，“所有艺术都是一种评论。……比如《一位女士的画像》，除去其他种种，本身就是对《米德尔马契》的一种注释和评论。”他这样说是为了说明一点：对爵士乐最好的评论就是爵士乐本身。事实上，这也从侧面说明了另一点：对爵士乐的“想象性评论”就是另一种爵士乐，一种用文字演绎——而不是评论——的爵士乐。音符变成了词语。乐曲变成了场景。（所以我们既能听见，又能看见。）就像爵士乐中的引用和创新，那些场景有的来自真实的逸事，有的则完全是虚构，而且，用作者自己的话说：“虚构或变动的成分多于引用。因为在整本书中，我的目的是要呈现出这些音乐家在我心目中的模样，而非他们本来的模样。……即使我表面看上去是在叙述，但其实我并非在描绘那些工作中的音乐家，而是更多地在表达三十年后我初次听到他们音乐时的感受。”

但感受，仅仅是感受，会不会过于轻飘，过于脆弱？杰夫·戴尔用他形容蒙克的话回答了这个问题：

> 如果蒙克去造桥，他会把大家认为必需的东西一点点地抽掉，直到最后只剩下装饰的部分——但不知怎么他就是有本事让那些装饰品承担起支撑桥梁的重量，因此看上去那座桥就像建在一片空无之上。它应该不可能立得住，但它又确实立住了。

《然而，很美》就像一座蒙克造的桥。它充满了装饰品——只有装饰品。但那是何等精妙的装饰品：艾灵顿公爵和司机哈利在开夜车，“就像汽车是台扫雪机，把黑暗铲到一边，清出一条光的道路”。莱斯特·扬站在法庭上，“他的声音像微风在寻找风”。巴德·鲍威尔的妻子躺在枕头上，她哭泣，微笑，她说：“我耳朵里全是眼泪。”“锡色的天空，石棉般的云。” “城市静得像海滩，车流声像涨潮。”“一阵饥饿的风夺走他香烟的烟雾。”本·韦伯斯特的萨克斯“听上去充满了呼吸感，似乎它根本不是金属做的，而是个有血有肉的活物”。查尔斯·明格斯：“如果他是一艘船，那么大海就挡了他的道。”在阿姆斯特丹，切特·贝克“走过像家一样的古董店，走过像古董店一样的家”，他“站在窗边，望着外面咖啡馆的灯光像落叶在运河上荡漾，听见钟声在黑暗的水面上敲响”……这样的句子和场景比比皆是，俯拾可得。它们如此美丽，甚至过于美丽，你不禁会怀疑它们是否能“承担起支撑文学的重量”，是否能经受时间的重压。

它们可以。它“立得住”。十多年后的今天，它依然矗立——并将继续矗立。这是一座美丽、坚固而实用的桥，它不设收费站，没有任何限制和门槛，对所有人开放。即使撇开它的实用功能不谈，它本身就是一个艺术品，一个令人赞叹和欣赏的对象，更何况，它还可以把我们带向另一个更加美妙的世界：爵士乐。无论你是不是爵士乐迷，无论你有没有听过那些歌，这本书都会让你想去听一听（或**再**听一听）。比如对几乎每个人都听过的切特·贝克：

> 突然毫无缘由地，她明白了他音乐中温柔的来源：他只能如此温柔地吹奏，因为他一生中从不知道什么是真正的温柔。……（他）不把自己的任何东西放进他的音乐，因此，他的演奏才会有那种凄婉。他吹出的音乐感觉仿佛被他抛弃了。……切特只会让一首歌感到失落。被他吹奏的歌需要安慰：不是因为他的演奏充满感情，而是那首歌自己，感情受伤了。你感觉每个音符都想跟他多待一会儿，都在向他苦苦哀求。

这些句子让你想听，不是吗？而当你听过之后，你会想再看看这些句子。你的心会变得柔软而敏感，像只可怜的小动物。有时你会微笑，有时你会莫名地想哭，有时你会突然想起很久以前的某件事、某个人，有时你会站起来，走到阳台抽支烟。而当你看完，你知道你会再看，你会自信（甚至自豪）地向朋友推荐，你会永远把它留在书架，希望有一天，当你离开这个世界，你的孩子——你孩子的孩子——也会去读它。

就像它是另一部小小的《圣经》。或者，更确切地说，另一部《使徒行传》。莱斯特、蒙克、巴德、明格斯、贝克、亚特·派伯、比莉·哈乐黛……他们是另一种意义上的圣徒。他们无一例外的、宿命般的酗酒、吸毒、受凌辱、入狱、精神错乱（“如此众多四五十年代的爵士乐领军人物深受精神崩溃之苦，以至于可以毫不夸张地说，贝尔维精神病院跟鸟园俱乐部一样，都是现代爵士乐之家”），完全可以——应该——被视为一种献身和殉道。只不过，基督教的保罗们为之献身（并被其拯救）的是上帝，而他们为之献身（并被其拯救）的，是爵士乐。因而，不管他们的人生有多么悲惨，多么不幸，他们仍然是幸福的；不管世界有时显得多么丑陋，多么充满苦痛，然而，它还是很美。正如这本书的标题。它来自比莉·哈乐黛的一首名曲，也来自书中的一段对话：

——什么是布鲁斯？

——怎么说呢，那就像……那就像一个家伙孤孤单单，被关在某个地方，因为卷进了什么麻烦，而那并不是他的错。……他希望有人在等他，他想着自己荒废的人生，想着自己怎么把一切都搞砸了。他希望能改变这一切，但又知道不可能……那就是布鲁斯。

等他说完，她开始更为专注地听音乐，就像一个人凝视爱人父母的照片，竭力想找出某种隐约的相似。

——充满受伤和痛苦，最后她说。然而……然而……

——然而什么？

——然而……很美。就像亲吻眼泪……

再一次，这里回荡起杰夫·戴尔永远的主题：人生的自相矛盾，欲望的悖论，极乐与极痛的不可分割。不管是《一怒之下》中的作家，《寻找马洛里》中的侦探，还是《然而，很美》里的乐手，都被他们自己追寻的东西所折磨，所摧残，但同时又被它所拯救，所升华。我们也是。我们每个人。这是生命的法则。杰夫·戴尔用他的所有作品，为我们提供一份极乐生活指南，它们从不同的角度指向同一个方向：通往极乐之路。那条路的另一个名字叫“痛苦”。顺利通过它的唯一办法，就是爱，爱你的痛苦——“就像亲吻眼泪”。

目录

第一章

这场搜寻开始于沃克与蕾切尔的相遇。

那天沃克已经忧心忡忡地消磨掉了整个白天，正琢磨着晚上要怎么放松一下。就在他感觉好点的时候，他的兄弟突然造访，穿着一身雪白的无尾晚礼服，进门就说沃克需要改变目前的生活，要向前看，让他现在就一起去参加查尔斯和玛戈特·伯朗宁家的晚会。

“我没有晚礼服。”

“我车里有一件。快点，咱们已经晚了，快走吧。”

这是场周年晚会，这类晚会以琳琅满目的奢华酒水、食物，以及受邀请者皆是达官贵人、社会名流而闻名于整个海湾地区。在去晚会的途中，沃克还得知他的兄弟并没有直接收到邀请（显然对此他并不愿详谈），因此在晚会上，他一度不得不紧紧跟着兄弟，因为他谁也不认识。沃克端着酒杯挤在一堆满身酒气的陌生的晚礼服中，不禁开始后悔自己干吗要来。到处都是摄影师，他们像猎犬一样四处逡巡，一旦发现某个人貌似是有钱人，就立刻扑过去“咔嚓咔嚓”。显然，没有一个摄影师会对他感兴趣，不过，在大厅的远处有一对看着很体面的夫妻，他们一直面带微笑，几次对沃克投以关注的一瞥。

沃克在那儿待了快一个小时，不停地吃喝，看人们谈话。突然，他被一个女人轻轻撞了一下，手上的酒洒了一半。那女人看上去有点年纪了，褐色的头发高高盘起，戴着耳环，没有涂口红，一身长裙及地。

“哦，真对不起。”

沃克擦拭着洒到衣服上的酒，像个穿着天鹅绒的摔跤手。

“没事。”

女人笑了起来：“这衣服看起来有点小了。”

“所以今年拿出来穿了。”

“晚礼服外套配条纹裤，非常时尚。”

“我也这么想。”

她报上自己的名字，并伸出赤裸的手臂。握手的时候，她的手链发出叮叮当当的响声。

“真是场糟糕的晚会啊。”

对素未谋面的两个人来说，初次见面最容易消除陌生感并达成默契的事情莫过于双方都对某件事有共识，无论那是件多么微不足道的事——哪怕只是两个人都想喝一杯。因此，蕾切尔的这句评论足以使他们俩一下子亲近起来。他们共同挖苦这个晚会、这里的人，一起冷眼旁观一位摄影师如何向两位竞争激烈的政客分别献媚和索吻。

“真可笑，”蕾切尔突然说道，“如果人们在做一件事情的时候没有被拍下来，那么这件事情就变得毫无意义。我们需要用照片去向别人证明自己的存在，也提醒自己。怎么会有这种无聊的想法呢？……我们刚刚在谈论什么？我都忘记了。”

“拍照，”沃克回答说，“照片。”

“哦，对。就像在度假的时候拍的照片，你总是会等到回家后再去冲洗，即使你完全有时间当时就冲洗出来。立刻能拿到的照片好像就跟明信片一样，而等到回家再冲洗就不同了。这就好比你梦见自己在一个花园里摘了一朵花，醒来后发现床上有花瓣一样。”

她大概喝多了，沃克想。“我根本就没有相机。”他傻傻地说。

“所以梦还在继续，即使你已经醒来了。如果不那样的话，你根本就不会醒。”说完，她呷了一口红酒，用两只手握住酒杯——这个姿势沃克只有在用吸管喝东西的时候才会用。

“大概是那样吧。”他说。看到他的酒杯空了，蕾切尔走过去把自己的酒杯给他。就在这时，一个摄影师突然蹿出来逮住他们。沃克吞了一口蕾切尔的酒。一个穿着鲜红西装的男人走过来吻了她一下，聊了一会儿，又走开了，再次剩下他们两人独处。没一会儿，一个女人过来，吻了蕾切尔的脸颊，向她介绍了一位梳着百万富翁发型的男人，接着这个男人又向她介绍了另一个男人。突然间一下子来了好多吻。最终沃克也被卷进了这股相互介绍的热潮。他不停握手，向那些根本记不住的人重复他的名字。他把蕾切尔的酒全喝完了，嘴里咕哝着“对不起”（其实并没有具体的对象），然后向吧台走去。

当他回来时，蕾切尔正被一群开怀大笑的人围住。他递给她满满一杯酒，她笑着说“谢谢”。她笑的样子、看他的样子，沃克暗想他会不会跟她上床，不是现在，不是今晚，而是别的某个时候。这种可能性在他的脑子里挥之不去，并不是源于他们所交谈的内容，那根本没什么，只有只言片语和相互交换的微笑。就在他缓缓走到人群的外围准备离开时，他撞到了一个人。

“对不起！”在这种晚会上，人们就是经常撞到别人然后道歉。可是，这次被沃克撞到的家伙却站在那儿死死地盯着他，那架势仿佛两个人正身处码头边的酒吧里，在那里发生这样的碰撞可能会引发一场互砸酒瓶的混战。一架相机的闪光灯在这个家伙的背后闪了起来，瞬间形成一个清晰的人物剪影。现在他的视线越过沃克的肩膀。沃克环顾四周，本能地追踪他的视线，心想他应该是瞥见了蕾切尔正别过脸去，对此深感意外。

沃克轻轻推开人群走了出去，从侍者手中的盘子上拿了瓶酒，独自喝着。他走到露台上，俯视海湾中闪闪发光的海水，感觉有人碰了碰他的胳膊，他扭过头看到了她。

“我以为再也找不到你了，”她说，“人实在太多了。”

“很高兴你找到了。”

“真抱歉，我被那些人给拖住了。还有什么比晚会更无聊的事情吗？”

“无数的事情——只是在晚会上显得更集中而已。

无聊的概率也更大。”

她很快地笑了笑：“我要走了，想跟你说声再见。”

“真遗憾。”

“是啊，我也想再跟你多聊会儿。”

“也许我可以给你打电话。”

“我给你打比较好。”

“是吗?”

“你的号码在电话簿里吗?”

“在的，B栏下面的拒绝接听条目。”

“我不会让你拒绝接听的——老实说，这可真是古怪的说法啊，不是吗?”

“那好吧。”

“我会给你打电话。”

说完她就走了，将沃克留在飞蛾乱舞的黑夜中，手里还握着个空酒瓶。

两天后，她出现在他的公寓。一个清新明朗的早晨。他刚从健身房锻炼回来，正坐在院子里看报，门铃响了。是邮差，他猜。

她穿着牛仔裤和圆领套头衫。她的头发，晚会上高高盘起的头发，今天披散着。她的手里拿着一叠信封。

“你的信。”她笑着说。

沃克朝她身后看了看，对着准备离去的邮差挥了挥手，后者报之以微笑，并高兴地说“今天天气真好”。

沃克也笑了笑。每个人都在微笑。

“请进。”

“我来得是时候吗?”

“正是时候。”

沃克灌了一壶橙汁，她跟着他一起走到院子里。他们坐在嘎吱作响的柳条椅上，间或还有搅动橙汁时冰块融化的声音。他拆开一封信浏览了一下内容。阳光将上过涂料的混凝土照得花白耀目。当她戴上太阳镜时，沃克不禁眯起了眼。在每个瞬间，她的脸蛋似乎都在对“她漂亮吗”这个问题回答说“不”，但这个答案从来没有真正得出来过，而且他看她的时间越长，越感觉不确定。后来，他发现自己一直都错了：她的美恰恰就在于这种不确定性。与之相比，那些模特和明星的美貌都显得平庸乏味。这时，看着她拂去脸上的一缕头发，他意识到，在他们等着对方先开口说话之前，唯一能做的就是这样盯着她看。

“我想那天晚上你曾说过现在没在工作。”她终于开口说道。

"是的。"

"那你每天都干些什么呢?"

"你知道，时间总会过去。"

"愉快地?"

"只是过去。"

"你之前是做什么的?"

"各种各样的事情。做做这个，做做那个，碰到什么就做什么。"

"从来没有一份工作?"

"有时候有，有时候没有。大部分时候是没有。"

"那靠什么挣钱呢?"

"你是社工?"

"我只是好奇。"

"打些零工。我兄弟在海湾北边有个房屋翻修项目，我有时替他干活。也许那天晚上你见过他?"

她摇摇头，喝了口橙汁。唇印落在冰冷的玻璃杯口，当他注意到时已经慢慢消失了。

"你太谦虚了。我认为你的生活远比你描述的精彩。"

"哦?"

"嗯，我认为你参与了很多有意思的事情。它们并不都是合法的。”

“如果你要这么说的话。”

“你在努力保持自己的神秘感，沃克先生。”

“我知道，为此我费尽心思。”

“也许它会对你有帮助。”说着，她将自己的太阳镜递给他。

“感觉好多了。”沃克戴上后说道。

“很适合你。”

“谢谢。”

“监狱里怎么样?”

“很好。有几天是阴天，不过其他时候都好极了，”他说完将杯子里剩下的饮料朝她泼过去，“马上滚出我的房子。”

她擦去膝盖上融化的冰块，有些惊讶，但很镇定。

“太戏剧化了。”她说道，只有声音透露出一丝紧张。看到他笑了，她接着说：“你真的想要我离开吗?”

沃克从太阳镜后面仔细地观察她。她在说话的时候，膝盖微微分开，几乎是难以察觉的，四分之一英寸，不多不少。他示意她继续，手里还拿着空杯子。

“有段时间你做过追踪的工作。”

“不完全是。”

“你找到了奥兰多·布兰登。”

“我偶然碰到他，纯属意外。”

“那真是个非常幸运的意外，至少对于你来说。人们已经找了他三年。赏金想必相当可观。”

沃克不语，打量着她。

“不过对他来说可就不那么幸运了，”她说道，“如果我没记错，他在你找到他三周以后就死了。”

“四周。”

她在包里翻找，又找出一副太阳镜。她吹去镜片上的灰尘。

“你那儿有多少副太阳镜啊？”

“这是最后一副，”她说，眼睛消失在镜片后，“我想让你帮我找一个人。”

“那是不合法的。而且就像我告诉你的那样，我从没当过追踪者。”

“这我了解，沃克先生，但如果可以的话，我愿意再解释得详细些。”

他耸了耸肩：“这关沃克先生什么事呢？”

“情况看起来需要你，”她笑道，“我可以继续吗？”

沃克点点头。耸肩，点头，微笑。

“你听说过亚历山大·马洛里吗？”

“没有。我应该听说过吗？”

“报纸上有很多关于他的报道。”

“我不看报纸。”

“好吧，他失踪了。”

“许多人失踪。或者试图失踪。”

“所以需要追踪者。”

“你为什么对他感兴趣？”

“我是他的妻子。”就在这个时候，她摘下了太阳镜。她坦率的表情太过完美，以至沃克怀疑那可能不是真的。“我们分居了。是几年前的事了。他是个非常大方的人。但之后他生意上发生了一些违规的事情。警察开始找他。他们现在还没有什么证据，但很快就会有的。还有其他一些人也在找他，坦白说是想杀他。有可能他在躲着他们，至少他搬来搬去很多次。同样也有可能他只是在旅行。之前我说他失踪了——准确地说，他是处于一种持续不露面的状态。”

“然后呢？”

“然后我想找到他。有两个原因。如果他只是在旅行，我需要警告他——我得说我们分开是非常友好和睦的。”沃克给她的杯子里又倒了些橙汁。“第二个原因适用于无论他在哪里、在做什么的情况。我的律师在我们的合约里发现有个空子可钻。我需要他在我们其中一份合约的复印件上签字并按上指印。”

“按指印?”

“这是针对特定文件的一项新的法律要件。我不知道原因，但一旦这么做了，无论他发生什么事情，财产都会归我。他必须在被警察逮捕之前签署这份文件。如果他在签署文件之前死了或是被捕，我就会失去一切。”

“你现在拥有的一切还是你将会拥有的一切?”

“两者都是。”

沃克一直在密切地观察她。现在他突然意识到她正在仔细地审视自己，于是匆忙问道：“那么，为什么找我？有的是追踪者……”

“太不可靠了。很可能已经有追踪者在找他了——受雇于那些想杀他的人。”

“但为什么找我呢?”

“就像我之前说的，你的生活远比你描述的精彩。你可以做到。你现在没有在做任何其他的事情，而且你也闲不住。”

“你怎么知道我闲不住?”

“我的意思是你非常乐意去做些事情。这么说会感觉好些吗?”

“嗯,没关系。”沃克笑着说。

“我不知道会发生什么事情,”蕾切尔接着说,“有可能你几天后就会找到他。同样也有可能他真的失踪了,而且将自己的行踪隐藏得很好——这种情况必然会使找到他非常困难。但无论是哪种情况,最关键的是你要抢在其他人前头先找到他。”

“所以你想要我找到他,并让他在一份文件上签字和按指印。就这么多,对吗?”

“对。”

“如果他不愿意签字怎么办?”

“那也许你可以提醒他有很多人想让他死,而且愿意出大笔的钱搞清楚他的下落。事情不会发展到那一步的。我说过,亚历克斯[①]一直对我很大方。”

“那么——”沃克停顿了一下,“我为什么要对这些感兴趣呢?”

“首先,我会付你一大笔钱。告诉我,找到奥兰多·布兰登你赚了多少?”

“足够多。”

---

① 亚历山大的昵称。

“不论你赚了多少，我都会付双倍的价钱。这下你可以说比足够多还多了。”

沃克扬了扬眉毛，仿佛在说，“那的确是个非常慷慨的出价”。

“我认为并不是钱让你感兴趣，而是这个事件本身。你的线索非常少，这是个挑战。举个例子，亚历克斯憎恨拍照。到现在我都找不到一张他的照片。”

“护照上也没有吗?”

“护照他随身带着。”

“已经有人在追踪他了吗?”

“不知道。”

“你们最后一次联系是什么时候?”

“六个月前。”

沃克用大拇指和食指拼命地拉扯自己的右耳垂。她指着他的耳朵说：“你最终会一只耳朵长一只耳朵短的。”

“什么?”

“像你现在这样拉扯耳朵。”

“我父亲的习惯动作，遗传给我了。”

他们的玻璃杯里都只剩下在融化的冰块。

“怎么样?”

“我会给你打电话。”他说。于是这次她给了他电话号码。

跟这件事的古怪性相比，更加困扰沃克的是它挑战了他日益增长的惰性。他已经无所事事好几个月了，不确定要做什么，脑海中有些模糊的想法，但缺乏看透它们的解决办法。他在等一个决定性的时刻—— 一个可以促使他做决定的时刻——但这样的时刻还没有到来。

每天早上，他在马德里咖啡屋吃早餐，然后散步去海边。隔天上午，他去健身房练举重，下午沿着海边跑步，晚上喝点酒。他越来越对这样规律且健康的生活上瘾——而喝酒则算是个补偿——诸多小事中的一件，不过足以使他不想轻易尝试改变。他几乎没有什么事情要做，以至像去银行这一类琐事都成了他生活中的大事。他思考得越多，越容易焦虑，仿佛在冲动的大海里挣扎。他没有责任，也没有债务，所以面对选择往往麻木不仁，总是静待事情发生。现在有事发生了—— 一个挑战，她说的——而他畏缩不前，渴望目前的生活一直这样持续下去不被打扰。

追踪，他反复在脑海里琢磨这个词，衡量自己的感受。自从布兰登死了之后，他就发誓做事情不再为了追求刺激——他已经下定决心不再卷入类似的事件，尤其是现在这个时候，因为现在追踪是件违法且危险的事情。

六年前，追踪几乎成了一项产业。它起始于针对寻找那些失踪的名人所设的有奖征询。有一个案件引起了大众广泛的注意，因为领奖者声称自己是个专业的追踪者。这个词被记住了，越来越多的人在失踪，在沃克看来，这似乎是为了配合越来越多自称追踪者的人的出现。于是就变成如果一幢空房子的灯亮着，如果一堆衣服被留在海岸上，人们不认为是有人溺水了，而会把这当成有人在试图掩盖失踪的痕迹。不论什么时候什么人不见了，总有人有兴趣要把他或她找出来。任何一个喜欢冒险的人都被去做追踪者的想法诱惑着；那些低俗小报的分类广告上总是有提供追踪服务的信息。甚至专门负责寻找失踪人口的政府部门——为政府和其他所有人服务的发现者——也参与进来。许多公务员涉嫌将失踪者的行踪卖给相关利益人。“捡到归我”，这成了众所周知的笑话，也已经成为失踪人口办公室的座右铭。受到赚大钱的诱惑，该部门中任何一个有点雄心壮志的工作人员几年之后都自然会单干。政府很快有了对策：法律规定，只有政府部门的工作人员才有权调查、寻找失踪人员，其他人员的追踪行为是不合法的，因为没有执照——而显然没有可能获得执照。结果这项规定适得其反：将追踪者定义为不合法意味着许多人在法律之外继续从事追踪工作。很多追踪者以前只是在行为方式上不大可靠、不够严谨，而现在他们完全站在法律之外，手段越来越冷酷无情。就像非法交易一样，追踪已经成为地下世界中的一项普遍活动，而正是这个世界在诱惑着沃克回去。

蕾切尔来之后的第二天，他沿着海滩散步，听大海发出高速公路上常有的咆哮声，感觉海浪的翻腾。他从沙滩上捡起一块弯弯的棕色玻璃。海狮在碎波浪里嬉戏。一只狗在蹦跳着追逐它的破皮球。大块的海藻和浮木在海面上漂着。

稍后，当暮色降临时，他用海滨木板小道上的公用电话给她打了电话。在拨号码的时候他还不知道要说些什么，但一听到她的声音，他马上冲动地决定了。好，他说。他答应了。

他们在一起待了一天，坐在室外享受今年第一个温暖的晴天。蕾切尔穿了一件浅色的连衣裙，外面罩了件绒线开衫，纽扣掉了一粒。沃克要知道有关马洛里的所有事情，他认识的人、他的生意、他的习惯。每当他追问细节时，她都会停顿一会儿再耐心回答。沃克在做笔记，非常投入地观察她说话的样子，以至于几次完全没有听见她在说什么。他走神了，脑海中总是浮现出他俩之间可能会发生的欢愉场景。然后他猛地惊醒，回到现实中来。蕾切尔正在跟他说马洛里受到的一项贿赂指控，就在他成功拿下一座大桥的建造合同之后。

“你没有听说过此事吗？”

“没有。抱歉，就像之前说的，我从来不看报纸。”

“电视呢？”

“只看体育频道。”

“电影也不看吗？”

“不怎么看。”

“亚历克斯——”

“如果我找到他，”沃克打断道，“你只是要我让他签署那些文件吗？”

“是的。”

“不想让我带他回来吗？”

“我觉得你又开始不诚实了，沃克先生。”

“什么意思？”

“我想你是看电影的，老电影。然后，不，我想要的只是那些文件。”

“他有外遇吗?”

“我不知道。”

“你是说如果他有外遇，你不知道?”

“我没听出这有什么区别。”

“那你呢?”

“我?”

“你有过外遇吗?”

“没有。”接着又恢复了事务性的谈话，她说，“我可以继续吗?”沃克跷起腿，准备重新开始做笔记。

那天晚上他做的晚餐。他们在室外吃的，喝葡萄酒。他借给蕾切尔一件毛衣，让她裹在肩上。那天早些时候，他第一次看她写字。此刻，他第一次看她吃饭。第一次看对方做各种事情，只要还有事情是第一次，两个人的关系就会持续下去。沃克在想将来他们也许会回顾第一次见面时的情景。她用手拿着生菜吃，唇上沾的调料闪闪发亮。她用餐巾纸擦了擦嘴，蓝色的餐巾纸，红唇。

他们将盘子放回屋里，沃克煮咖啡。蕾切尔靠墙站着，已经解下了肩头的毛衣。他朝她走过去，一只手扶着墙，齐到她的肩。她喝了一大口葡萄酒，意识到他的手臂像是树上的一个低枝，得弯腰才能钻过去。他的袖子卷到胳膊肘，手臂上的青筋清晰可见。

“很漂亮的裙子。”他说。

“你喜欢？”

“嗯。”他抬起另一只手臂，跟之前一样齐肩扶着墙，她就这样被他的身体和手臂包围起来。他的脸贴过去，跟她的脸只有几英寸之隔。两人的嘴唇几乎要碰到一起了。

“你知道这是什么样的裙子吗？”

“那种你到处都可以买到的。”

“是让我想举手投降的那种。”

她紧靠着墙。两人的心跳越来越快。

“你知道底线是什么吗？”

“不知道。”

“我认为你知道。”

“不仅仅是这样，”沃克说，“还有别的什么。”

“什么？”他们周围的空气变得凝重起来。

“是那种……”沃克哑着嗓子，一字一句地说，“那种我想把它掀开、从你身上脱去的裙子。”

“要那么做的话得拉开拉链。”

沃克一只手从墙上挪到她裙摆下面的腿上。

“拉开拉链，再把它脱掉。然后——”

“然后我会解开你的衬衫纽扣、你的腰带。”

沃克将手移到她的大腿内侧，感觉她的皮肤变得越来越柔软，到后来甚至忘记了柔软是怎么一回事，因为根本无法想象世上竟有如此柔软的东西，因为没有任何东西可以与之相媲美。他们的唇一度碰在一起。然后沃克感觉到她握住了他的手腕，将他的手从腿上推开。

“不要。”她说，急忙从他另一边胳膊下钻出去，抚平自己的裙子。在监狱里，他听说过很多个类似的故事，结尾都以强奸和仇恨收场。沃克换成了她先前的姿势，靠墙站着，手臂自然垂下。她走过去亲了一下他的嘴唇。

“你明白吗？”

“不，是的。不。”

“但是你明白吧？”

“不。”他说。

马洛里住在——“如果说他住在任何地方的话”——海岸上游两百英里处的一幢海滨别墅里。蕾切尔给了沃克一套钥匙，第二天，他便驱车前往。一场暴风雨正在酝酿之中，太阳缩在云层里忽隐忽现。房子大且贵，到处是窗户。木地板上铺着小块的地毯。雪白的墙壁。

除了蕾切尔告诉他的信息之外，从这个房子很难对马洛里形成什么印象。这里有家具，一些唱片和书——但都不足以显示主人对音乐或阅读有什么爱好。墙上有几幅画，他没怎么在意——除了一幅裱起来的维多利亚时代的肖像画。那是个坐在椅子上的男人，穿着厚重的深黑色外套，戴着副眼镜。沃克很好奇画上的人是谁，他凑上去看右下角的小标题："未知的自画像"。沃克后退几步，盯着这个陌生幽灵的脸仔细看，他被这幅谜般的肖像迷住了。他是谁？有人看上去跟他很像……但他是谁？

沃克从这幅忧伤的老画像旁走开，在房子其他地方转了一圈。除了灯和供人坐下或走来走去的地方之外，这所房子的装饰物少得可怜。为了作进一步研究，他查看了马洛里的文件柜和书桌。蕾切尔曾说过，如果马洛里出门了，秘书会每周来一次，处理他所有的个人事务。他在书桌的抽屉里发现了信用卡的账单。从这些账单里，他可以追踪到马洛里三个月之内的行踪，除此之外就再没有发现什么有价值的东西。最近一次的信用卡支付对象是德班的一个租车公司。沃克记下了那个公司的名字，在房子里又转了一圈。这里没有花或其他饰物，一眼望去只有窗外沉默的大海。

回到自己的公寓后，他给那家租车公司打电话，问他们是否能提供一些信息，是关于三个月前的一项交易，租车人是——

电话那头的女人打断了他，说她不可能在电话里处理这样的问题。他刚放下话筒，电话就响了：蕾切尔。是她的声音。

“有什么发现吗?”

“没什么。那位秘书怎么样——我可以跟她谈谈吗?”

“没用的。她跟着他已经十五年了。他喜欢她的原因就是她从来不问任何问题。他也不会对她说任何关于自己在哪儿的事情。我跟你说过，他是个行事非常保密的男人，近乎病态。你甚至只有通过信息自由法案才能搞到他的出生日期。”

“嗯。”

“所以你下一步打算做什么?”

“我想最好开始去找他了。”

“什么意思?”

“目前我们唯一的线索是那家租车公司。估计我得去一趟德班。”

“什么时候动身？”

“尽快。”

“但在走之前我想见你，可以吗？”

“我也希望如此。”

那天晚些时候他们见了面，在一家有烛光却没音乐的酒吧里。沃克点了啤酒，给酒吧里的一个熟人也买了一杯。蕾切尔喝的是红酒，那酒在烛光的映照下显得浓郁醇厚，让人昏昏欲睡。在她凸起的深色玻璃杯上，沃克看见两个人的脸都映在上面，跳舞，摇摆，安坐。她递过去需要马洛里签字的文件，他快速浏览起来。

“关于钱。”蕾切尔说。

“我们可以等我回来再谈。”

“你确定？”

“钱不是问题。”

蕾切尔喝光酒。“我们结账去海边走走吧。”她说。

他们沿着海滩漫步，听着海浪拍打礁石的声音。退潮后的沙滩上到处都是小水坑，倒映着星星，清澈透亮，仿佛云层中露出的一块块晴空。跨过这些小水坑就像在天空中跳跃。海岸公路上的车灯时不时地把灯光射进海里。他们能模糊地看到远处海湾大桥的桥墩。云朵悄无声息地滑过明晃晃的月亮。他们朝大海里扔石头，注意倾听那微弱的水花声。一艘船上的灯光在黑暗中若隐若现，最后消失无踪。

“这神奇的诱惑不会是凶兆，也不会是吉兆。”蕾切尔说。

“一句引文?”

“莎士比亚。我忘了是哪一个。”

“也许是叫威廉的那一个。”沃克说。

他们坐在那儿等待着，眺望着漆黑的大海。蕾切尔说该回去了，沃克转向她。

“我有个礼物给你，”她说，“给。”她松开拳头，一根细细的银链子掉到了沃克的手掌中。

“也许它能给你带来好运，”她说，“保证你的安全。”沃克想起小时候曾看过的一个连环画：《凯利之眼》。只要凯利脖子上戴着那颗宝石，他就拥有了金刚不坏之身。每周的结尾都是他从一场不可思议的大爆炸或二十辆车的大碰撞中安然无恙地走出来，赤裸着上身，只有那块石头依然挂在脖子上，下身是那条破烂不堪但也不可摧毁的短裤。

“我来帮你戴上。”

沃克低下头，感觉到她的手臂绕过脖子扣上了项链的搭扣。她的嘴唇近在咫尺，那一刻他们是可以接吻的，但错过了。

“喜欢吗?”

“是的。对不起，我每次收到礼物时都不知道该说什么。”

她笑了——“我们走吧”——他们开始往回走，越过低矮的礁石，朝她的车走去。

“还有样东西。”她打开车门时说道。她从副驾驶座上够到一个信封，递给沃克。里面是那天在晚会上拍下的照片，准确地说是半张：照片被剪成两半了，他拿的那半张是蕾切尔的，几乎只是个侧影，双手抓着酒杯，仿佛在祈祷。

“为了提醒我你的存在?”沃克说。

“也许。”

“那一半呢?”

“我保存着。为了提醒你的存在，”她说，“要带你一程吗?”

“不用。我家离这儿只有五分钟的路。”

他们现在都急于独处，想结束这次分别，彼此清楚他们之间的一切都需要等待。

“还需要我做什么吗?”蕾切尔站在打开的车门前最

后问道。

“不用。我会给你打电话。”

“你会小心的，对吧？”

沃克回答说会的，他会小心。他目送她开车离去，直到看不见尾灯了，他才朝自己家走去。

第二章

开车去德班需要三天时间，沃克第二天就动身了。他穿过海湾大桥，沿着海岸疾驰。刚刚驶过马洛里的海滨别墅，公路便被海中升起的白雾团团围住，他只能减速慢行。他打开车窗，潮乎乎的空气倏忽钻进来沾到皮肤上。雾散去了一些。他向车窗外看去，天空好似被镀了一层锌，苍白的海水静静地拍打着白色的沙滩，沙滩上布满了灰白色的海鸥。当浓雾再度笼罩过来，他能看见的便只有迎面而来的车灯了。

驶进内陆十英里的时候，雾彻底散了，景色也渐渐单调起来。那天晚上，他在车里睡了几个小时，此前除了吃饭和加油，他一直都在奋力前行。刚开始的时候，他听音乐，不过很快就觉得烦了，接下来便一路默默地开车。

现在，沿途的景色越发单调，毫无特色，几乎只是一种抽象的存在，能感知的只有距离。一百年前这儿根本没有路，只是一片蛮荒之地；现在则变成了四车道的高速公路，但这并没有改变什么，天空还是高高在上，土地也没有延伸到地平线以外。此时他想到的是，“水平线”一词派生自“地平线”。它们由地平线而来，也向地平线而去。如果散步是思考的一种形式，那么开车就是一种冥想或自我催眠，不要求思想集中，而鼓励思绪自由飘荡。残存的思想集中度是让车在公路上安全行驶所必需的，这也让天马行空的想法显得更加无目的性。

经常，在看后视镜的时候，他希望能看到蕾切尔回眸一笑的脸。

他在一家汽车旅馆度过了第二个晚上，在隔天的傍晚抵达德班。那个租车公司在城郊。在长久的驾驶之后重新走路的感觉有些怪怪的。那里没有别的客人，所以当他提出要找三个月前马洛里的租车记录时，那个男人没有什么反对的理由。他在文件柜里快速地查找，透过眼镜可以看到他眯着眼，显然眼镜对他的视力完全不起作用，他回来时拿着一沓影印文件。

“根据资料，”他说，“这辆车被归还的地点是金斯敦的一家租车公司——不是我们的公司，是跟我们有协议的一家小公司。顾客可以在那里还我们的车，他们会帮我们送回来。”

“那是多久之前的事？”沃克问，“什么时候还的车？”

“两个月前。”那个家伙说着，剥开一块口香糖扔进了嘴里。

去金斯敦又是件耗时耗力的活儿，它位于南部湿地的边缘。沃克开了两天的车，暴风雨来了又走，还有好多的鸟。电线在路边起起伏伏。有时他在一天里三次超上同一辆车。

穿过沼泽地的最后三百英里，路上景色极其单调。树的颜色竟然跟公路和天空的都一样。苔藓浮在沼泽枫叶上。树上或公路上随处可见块块暗红色斑，那是被撞动物的血迹。雨水弄脏了他的挡风玻璃，这里连雨都很粗鲁。

租车公司的办公室在靠近铁路的一栋破旧楼房里。入口处有个标语：“如果你不抽烟，我就不会放屁。”柜台后面有个伙计在啃三明治。房间里弥漫着一股鸡肉味；之前可能还有人抽过烟。沃克肘靠柜台，等着那伙计的嘴停下来。

“我想找一辆车，两个月前在这里退还的。”

“什么车?”

“蓝色的野马。牌照是703 6GH。是一位名叫马洛里的先生来办理的。”

伙计用餐巾纸擦擦手，然后将纸巾揉成一团扔掉。“让我来看看。具体是哪天?”

沃克告诉了他，于是他从抽屉里拉出一卷油迹斑斑的资料，还闻了闻，接着翻阅起来。

“嗯，确实是在这儿退还的。”

“你会不会碰巧知道那位还车人的一些情况？比如他去哪儿了之类的?”

“让我想想。那天是我当班的。”沃克等着他继续说下去，但那伙计却打量起他，说道，“你是警察吗?”

“不是。”

“追踪者?”

“不是。”

“失踪人口调查办公室的?”

“不是。”

“那你为什么要打听这个人?”

“他是我的一个朋友。”

“啊？”

“是的。”

“那他做了什么呢，你的朋友？”

“没什么。我只是想找到他。”

类似的话，沃克只需稍作变化就可以在接下来的几个月里反复使用。奇特的是，不管对方是否相信，都不会影响他们想帮上忙的意愿。这种对话只是种形式精巧的寒暄，一个过场。人们不在乎他给出什么样的回答，但没人愿意放弃这个小小的开场白。

伙计点点头，满意地答道：“让我想想，那天只有几辆车被还回来。如果我记得没错，如果那个男人是我认为的那个，他当时在找酒店。”

他停顿了一下，等待着。这是此类对话的又一个特点，未来几个月里还会碰到：他们总幻想自己是谢赫拉莎德[①]，需要人鼓舞才会将剩下的信息说出来。

“那你给他推荐了一个吧？”

“大都会酒店。”

---

① 指阿拉伯民间故事集《一千零一夜》里的苏丹新娘，善讲留有悬念的故事而免于一死。

到酒店只有五分钟路程，这里一看就是那种见证过以往好日子的地方。沃克订了间房间，跟接待生闲聊，后者是个小年轻，很乐意帮忙，让他查看了登记簿。显然马洛里曾到过这里，但只待了一晚。

沃克太累了，不想再作进一步的调查。他拖着疲惫的身体进了房间，给蕾切尔打电话。电话接通了，是语音信箱，他挂掉重新打，还是语音信箱，于是他留言让她打到酒店房间。

他喝着啤酒，切换电视频道随意浏览。他看了一段关于亚特兰蒂斯和努力证明其真实性的最新报道。水中呼吸器的嘈杂声让他昏昏欲睡。他关掉电视机，坠入梦中。梦里，他还在开车，路过的地方是他从来没有去过的，或者说是根本不存在的，一座水下城市，街道上布满摇摆的芦苇和飞奔的鱼儿。

早晨，他说服接待生把马洛里的账单找了出来。旁边一个服务生弄洒了托盘里的茶水，沃克转移到另一边去研究账单，这时保洁员过来打扫。马洛里在酒店的活动都被列入了清单：吃饭多少钱，喝酒多少钱，甚至还有一份长途电话账单。马洛里曾打过两个电话，都是打给默里迪恩的同一个电话号码。他试图用前台的电话打这个号码，但打不通。记下号码后，他向接待生道了谢。当他准备离开时，有人碰了碰他的胳膊肘。

“沃克?”

“是。”

“我想跟你谈一会儿。”

他们离开前台，站到一株植物的树荫下。

“你在找马洛里。”

“我还不知道你的名字。”

“卡佛。”他们没有握手。沃克不认识他，但感觉似乎在哪儿碰到过。往下瞟的时候，他注意到卡佛在地上留下了V字形的鞋印，那是沾到了之前洒出的茶水弄出来的。

“正如我所说的，你在找马洛里。”虽然知道对方是在寻求回应，但沃克保持沉默，等着他继续。“那我换种说法。我知道你在找马洛里。”他等着，但沃克等的时间更长。

“你知道他在哪儿?”

“如果我知道就不会在找了。”

“那你是在找他?”

“我只是想搞清楚一点事情。”卡佛耐心地看着他。“你知道他在哪儿吗?”最终他问道。

“你为什么想知道？”

“你有什么想法吗，关于他在哪儿？”

“你没有回答我的问题。”

“如果你打听到什么，打这个电话。”他说着，从口袋里掏出一张破烂的扑克牌——黑桃10。他在扑克牌上潦草地写着，然后递给沃克。沃克手插在口袋里没动弹。卡佛将扑克牌塞进他胸前的口袋里。沃克准备离开了。卡佛挡住他的去路。

“我在跟你说话。”

“不，你没有。”沃克绕过去，但卡佛用力抓住了他的手臂。两个人一样高。

“你听到我说什么了吗？”

“没有。”沃克挣开手臂。

“我给你点忠告，兰斯洛特。她说的一切都是胡扯。你希望她说的那一切都是扯淡。你以为接受了这些就可以上她了吗？”

沃克集中全身的力量保持原地不动，不让任何情绪流露出来。

“你要吃点苦头才会学乖吧，是吗？”卡佛说。

“我根本就不想学乖。”

这次卡佛让他走了。才走了几步，他就听见卡佛在身后喊道："嘿，兰斯洛特!"

沃克继续往前走，接着有什么东西静静地落在了他前面。低头看，一条细细的链子像条小银蛇一样盘在地上。他控制住自己想要捡起它的冲动，但手还是不自觉地伸向脖子查看自己的项链，确认它还在脖子上。他朝电梯走去，链子像砂石一样被踩在脚下。

回到房间后，他努力将卡佛的话扔到脑后，思想集中在他为什么会知道自己是谁、在哪儿的问题上。有可能他是一路跟过来的——但更有可能是蕾切尔的电话被窃听了。那条链子……猛然间，他意识到自己为什么觉得卡佛眼熟了：那天的晚会上他撞到的家伙。他拿起电话想打给蕾切尔，但马上又放下了。他能感觉到汗沿着两肋往下流，下巴处的神经在抽搐。所有这些扯淡的事情都是为了能上她。他拎起电话砸了起来，环顾四周找其他能砸的东西，最终放弃了这个念头，跌坐下来。他强迫自己保持冷静，慢慢清空脑子里的任何想法。他保持这个状态直到忘记时间，并开始忘记自己作为思想的主体而存在的事实。然后在接下来的真空状态中，他让思想重新聚合，完全集中在寻找马洛里的行踪这件事上，而不是其他任何别的。

只有一个不太靠谱的线索：马洛里酒店账单上的电话号码。他再次拨打——不可思议的是这个电话还能用——但，跟之前一样，只有语音提示说这个号码无法接通。他仅剩的选择就是查遍默里迪恩的电话簿，直到找到那个号码及相应的地址，除此之外什么也做不了。

酒店附近的邮局里有全国各地的电话簿。默里迪恩的是架子上最厚的一本。唯一的方法就是有条不紊地傻看。他找到一张空桌子开始查找。这是项令人头皮发麻的工作，要求注意力高度集中，比他做过的任何一件事都乏味。两个小时之后，他查找到了G栏。按照平均法则，他应该在M栏之前找到那个号码。也许他应该反过来从W栏开始查。他感觉自己的眼睛像个显微镜。稍一走神，就要返回两栏重新开始，他必须强迫自己什么都不想。

他在M栏下找到了那个号码，在马洛里的名字下面：乔安妮·马洛里。他骂自己太笨，没有一开始想到这点。反复检查了三遍，简直不敢相信自己居然找到了，他赶紧抄下地址。回酒店后，他躺在床上闭上眼睛，满脑子都是一栏栏的数字在横冲直撞。他打了会儿盹，梦里也全是数字。

电话铃声把他吵醒了——是酒店的经理想知道他是

否还需要住一个晚上。已经六点钟，过了退房的时间了。沃克盯着电话机上的数字，横向竖向地做加法，嘴里道着歉，说他这就走。

出城六十英里后，开始下雨。一个小时之后，雨大得让人根本无法看清前面的路。一个雨刷已经没了，是被这场风雨扯断的。沃克弯身凑近挡风玻璃，看到一辆卡车朝自己游过来。挡风玻璃被灯光照得像着了火，卡车擦身而过，激起一大片水花。他踩住刹车，感觉车在滑行，另一个雨刷清理出一小块地方让他还能看到路。

他肯定错过了指示牌或转错了弯：总之迷路了。他一只手控制方向盘，另一只手调广播，希望能从中知道自己在哪儿。一首老歌飘出来，然后是一阵电磁波的嘈杂声。他继续调台，一个温和的声音说，暴风雨正在席卷这个地区。暴雨和强风。警察告诫居民，如非必要请待在屋里，开车更是要多加小心。好几条河的河水冲破了河岸，该地区的好多小路都被淹了，桥也被冲毁。贝尔福德和奥克姆、昆斯敦和纳尔逊，以及达灵顿和塞布尔之间的主干线都被封锁了。

这些地名沃克一个都没听说过，默里迪恩或金斯敦没有被提及。播音员所说的“该地区”并没有具体说是哪个地区，这让他更加失落，仿佛他身处无名之地，而且还不是在这个无名之地的中心，而是位于边缘，被困在无名小镇间的交界处。那个声音说，我们现在将切回《午夜旋律》节目，沃克“啪嗒”一声关掉了广播。

一道闪电划破夜空。接着是一阵长久的寂静，久得仿佛寂静本身就是一种等待，然后雷声大作。轻松通过一个弯道后，他发觉右边的车轮驶离了公路，把车拽向远处。他把车开回公路上，但几分钟后，同样的事情又发生了——右边的雨刷没了，所以他看不清那边的情况。继续前进很危险，但停下来更危险：经过的第一辆车就会把他撞个稀巴烂。

他扫了一眼燃油表。根据车身的倾斜程度，表盘上的指针在红线之间摇摆意味着情况越来越糟，而如果指到E上则表明情况已经糟到不能再糟的地步了。雨稍微小了一点，但随即又变大起来，甚至比之前更大。公路上到处都被水淹没了，车就在即将形成的湖泊中前进。当车进入一个左弯道时，他把脸贴近挡风玻璃。突然，在拐弯处有棵树横在路中间。他急转方向盘绕过树干，冲过张牙舞爪的树枝。拉锯般的闪电照亮了远方的一座教堂，或高塔。

后来，在差不多已经放弃希望的时候，他驶过了一个岔路口和指示牌。车滑行着停下，再倒回去。雨太大以致他只有摇下车窗才能看清指示牌，结果他被暴雨敲打车顶的嘶叫声吓了一跳。往前七十英里处是弗拉格斯塔夫，往右十英里处是个名叫门罗的小镇。他关上车窗，向右驶去。只有十英里，看起来比较乐观。但在最后的二十分钟里，燃油表上的指针已经接近水平线，马上就要指向E。引擎的声音听上去越来越糟。等到了门罗郊区时，引擎发出的声音仿佛极渴的人用吸管喝干了最后一滴可乐。

他沿着主干道进了城，路过一家黑乎乎的前院浸了水的加油站。每个排水道周边都积了一摊黑水，有时脏水还会从街道这边流到那边。一家商店里坏了的灯在那儿忽明忽暗地闪。他把车停在唯一一家还在营业的餐馆对面，餐馆的名字就叫“门罗餐厅”。他关掉引擎，听着雨声，风刮得餐厅招牌咯吱作响。他从后座上拿了件外套，打开车门。雨声听起来就像肥肉在油锅里煎炸。他脚踩在水坑里，把身体撬出了车子。蹚着水深一脚浅一脚地走到街对面。

当他进门时，每个人的脸都转向他，那目光代表一种欢迎，全世界的酒吧都如此。他感觉自己像个游客，在特兰西瓦尼亚[1]的一个小酒馆休息，打听有谁知道去德拉库拉城堡怎么走。他甩了甩湿漉漉的头发，在光秃秃的门垫上擦了擦脚上的泥。吧台后面有个女人在往倾斜的玻璃杯里倒啤酒。

她笑着说“嘿”，他给自己在吧台旁边找了个位置。“想要些什么？”

“嘿。请来杯咖啡。”其实在他点咖啡之前，店家就有提供咖啡的打算。

一旦坐下来就没有人再注意他了。他的头发在滴水，滴到吧台上和他的咖啡里。他点了吃的，看了看四周。有六个人，大多是一个人或两个人结伴来的。闪电时不时将窗户照得雪白。吧台女人给他端来了食物，问他打算去哪儿。

“我要去纳尔逊，”他本能地撒谎道，“在大雨里迷路了，好像走了回头路。”

“每年这个时候都这样。要么不下雨，一下就很大。不是旱就是涝。而且下起来就没个停。”

“你这儿有房间吗？”沃克叉起他的食物，典型的美

---

① 罗马尼亚中西部地区，以神秘的布兰城堡著称，传说那里是吸血鬼德拉库拉居住的地方。

式吃法，只用叉子，嘴里一边说话一边嚼着食物。

“一个人？一个晚上？”

“是的。”

“没问题。实际上，如果你要八个人住一个礼拜都没问题。”

沃克付了所有的费用，带着啤酒上楼了。房间在顶层。他花了二十分钟淋浴，水不够热，然后他裹着浴巾坐在床边想明天的事。他把衣服放在加热器上烘干。

他喝完啤酒走到窗边。小镇静静地伫立在雨中。一辆车沿着大街缓缓驶来，减速停在餐厅旁边的停车场。沃克关上灯再回到窗边。车看不见了，但他能看到汽车尾灯映在水洼里的红点。接着灯灭了，然后有车门开关的声音。他穿上衣服，它们被烤得暖暖的，还带着点湿气。他在浴室里匆匆拿了几样东西塞进手提包就跑到走廊里，锁上房门。一扇门的指示牌上写着“紧急通道”，这门一定很长时间没有被用过了，他只能用力扭开，弄出了很大的动静。防火梯就在霓虹灯箱“门罗餐厅欢迎您”后面。他关上紧急通道的门，沿着生锈的阶梯弯弯曲曲地往下走。四周都是紫色、绿色的雨丝。他从最后一级阶梯纵身跃到湿漉漉的沥青地面上。他绕过停车场，来到从窗户看到的那辆车边。现在他们可能正在往他的房间走去。车门是锁着的。他低头看了看四周，发现了一块大石头。一道闪电缓缓亮起。当雷声响起时，他将石头狠狠地朝驾驶位旁的玻璃窗砸去。他打开车门时里面有光闪了一下，是对闪电的微弱共振。他扫去座位上的玻璃碎片，从驾驶杆里拉出打火电线。在两根线碰触的瞬间，引擎被点着了。

他绕着餐厅转了一圈，然后离开，驶向被雨水浸泡得滑溜溜的大街。开出两百码后，他打开了大灯。如果现在是在电影里，他暗自想，会有个藏在后排座的家伙拿把枪顶着他的头，低声说“不许动”。他突然神经质起来，他瞥了眼身后，几乎是有些失望地发现没有人在那儿。

风雨哀号着透过破碎的车窗卷进来。他穿着湿衣服，冻得够呛。出城二十英里后，他靠边停车，笨手笨脚地穿上了毛衣和牛仔裤。他将湿衬衫挂在破车窗上。衬衫随风飘荡，起不到挡风遮雨的作用，不过换了干衣服，吹着暖气，他感觉好多了。

一旦暖和了就会开始犯困。当他感觉瞌睡时，只能拍打自己的脸，关掉暖气，直到冷得清醒过来，再度痛苦不堪。他就这样在打寒战和打哈欠中交替着。不存在停下来的问题——天亮前他必须离卡佛越远越好，如果那人是卡佛的话。他回想在门罗发生的情景，意识到根据他所看到的，很可能这辆车的主人只不过是个游客，想找个地方休息一晚而不愿意在暴风雨中继续赶路。与其说他运气好，当车开进来时他正好在窗边，不如说恰恰相反——他太累了，懒得去想更合适的字眼，也许不止一个——他们只不过出现在那里，却触动了他的警戒神经。妈的！他猛捶了一下方向盘，恰巧打在喇叭上。为了让自己安心，他再次回想了一遍，这次集中在他的反应上——他怎么就没有想到，哪怕只是一瞬间，这辆车根本就不是为他而来的？即使无法得到证实，但刚才的双重否定句还是让这个情况变得难以理解。不管怎么说都没有回头路可走。没有回头路，同样的，他想，也没必要再把之前发生的事情重新在脑中过一遍，他应该尽快把这辆车处理掉——可是不管把车扔在哪儿都会暴露他的行踪。一旦他们找到车，他好不容易发现的线索就会变得毫无意义——而他不可能把车丢在一个别人找不到又不会困住自己的地方。各种想法持续不断地在脑子里盘旋，弄得他筋疲力尽，不过至少他在周密地思考，重新开始进行整项计划了，至少他不再犯困了。

雨势没有减弱的迹象。当困得快睁不开眼的时候，他只好停下来，车“扑哧扑哧”地停在一条窄窄的小路上。他关掉引擎，爬到后排座椅上蜷成一团。

雨在梦里敲打着车顶。

第三章

他被鸟叫声吵醒了。还带着湿气的阳光透过树枝的缝隙照射下来。他打开车门，对着树撒了泡尿。周围的树叶上到处都是昨夜雨后留下的水珠。嘴巴很干，他用手接了几滴水珠润润舌头。

他将松散的点火线一碰擦，引擎立马就着了，之前吸入的泥土也被清除掉了。重新回到公路，灼热的阳光直接晒在挡风玻璃上。远处是蓝色的山脉。

一个路牌上写着“距默里迪恩 120 英里”。雨后的高速公路在阳光下闪闪发光。

默里迪恩，正如那本厚厚的电话簿上所描述的，是个大城市。他开进城，把车停在高架铁轨下面的小路上。那是弃车的最佳地点：四周全是被丢弃的车辆，许多都被洗劫一空，只剩下生锈的外壳。离开前他还跑到一辆被烧毁了的旅行车后面看了看，注意到一份公路地图册的残页：红色的高速公路，烟迹斑斑，渐变为焦黑，通向灰烬。

他买了咖啡和街道图。兰帕特街离他有八站路，不过在开了那么长时间的车之后，他宁愿走路过去。他沿着E1高架列车的路线走，走在这个横跨整座城市的巨人脚下。阳光洒在小路上，偶尔在地面上形成十字形的阴影。被高楼大厦分割的天空不时在木质或金属的建筑物中间露个脸。每隔十分钟，头顶上就会有一列列车呼啸而过，周围的一切仿佛都被淹没了。在他小时候，未来被描绘成白色的太空船在空中轨道上无声无息地穿梭的样子，轨道下的人们生活在高效、鲜亮的城市中。结果现实却是满身涂鸦的火车轰隆隆地驶过一片废墟，废墟里都是生锈的没人想要的车辆。

兰帕特街是条破败的街道，与E1高架列车轨道平行，向南两个街区。兰帕特街十七号是幢老旧的独栋房屋，挂着“出租”字样的黄绿色牌子为其增添了一抹色彩。他按了按门铃，等待着。一只羽毛像金鱼般鲜亮的鸟停在电话线上。沃克越过栅栏绕到房子后面。木头台阶把他带到一扇门面前，他试着推门，门开了。他看了看四周，走进屋，关上门，眼睛慢慢适应了屋里的光线。水龙头在滴着水。他穿过厨房来到门厅。前门堆满了邮件，有几封几乎要被当成垃圾扔掉，他马上认出了笔迹—— 一张马洛里写的卡片。卡片上写着两行字："希望在你搬家前能收到。感谢你所做的一切。"没有签名，邮戳地址是伊比利亚，日期因为太脏看不清楚。

一楼的房间里什么都没有。楼上，浴室的小柜子里除了一个黄色的塑料杯之外空空如也。镜子里的他脸上长满疙瘩。有两间卧室，一间里面放着双人床，另一间是单人床和一张破桌子。当他打开壁橱时，金属把手发出短促的刺耳声音。一种**似曾相识**的感觉。他关上壁橱门，又重新打开，希望能多捕捉些那种感觉，但这次什么感觉都没有。

打开桌子抽屉，一股石墨的味道扑面而来。里面只有一些回形针、一根折断的铅笔和一沓白纸。他坐在床边，手臂搁在腿上，两手在膝盖间晃动，一只脚打着拍子，沉思着。他低下头，让手指在头发间穿梭。这时他发现在他脚后、床的下面，有一个微型磁带盒，里面有一盘磁带，但除了上面的厂家名称之外，他不知道里面有些什么内容。他收起磁带，爬到床下。床底下只有一本布满灰尘的翻开的杂志，上面是一篇关于涅米西斯大教堂的文章，配有一张教堂染色玻璃窗的照片。

他再次仔细查看了整幢房子，关于马洛里曾在这里做过些什么，他完全没有头绪。他把水龙头拧紧，让它不再滴水。然后他从后门出去，锁上了门。

街上，一只狗蹦蹦跳跳地走过。它的尾巴、睾丸和耳朵都被修剪过，看上去像个邪恶而无害的中世纪滴水兽。在街角的付费电话亭，沃克给牌子上写的房地产经纪人打了通电话。以为他要租那个地方——那块“房产”——他们十分热情，直到他问起对方是否知道上一位租客的情况，电话那端立刻失去了兴趣，沃克只得在他们挂断之前迅速挂掉电话。

在E1车站附近，他犹豫地站在阳光下，把包挎在肩上，轻声地问自己：“那么……我该做什么？”

车子亮闪闪地驶过。他能做什么？

他买了张车票，走上月台时，E1列车刚进站。火车“嘎吱嘎吱”地经过破败的月台、涂鸦的游廊、附近楼房里厨房和卧室洞开的窗户。四五百米远处有座水塔清晰可见。破败的墙壁上还有残留的旧广告的影子。

去伊比利亚的列车一个小时之内都不会开。他离开车站，走出两个街区，看到一辆巨大的吊车赫然耸立在市区。他在打折商店里买了一台微型磁带录音机。走出商店时，他抬头看到吊车的悬臂在空中摇摆——但这样的描述居然花了他好几秒钟时间，因为吊车的动作对他来说仿佛是种感觉认知，而不是视觉认知。在那个慌乱的瞬间，他感觉一阵天旋地转——身体失去重心，想要呕吐——仿佛吊车是静止不动的，而街道在围着吊车旋转，像游乐场的旋转木马或唱片机上转动的唱片。然后，一切恢复了正常，吊车的悬臂依旧在街道上空摇摆。他试图重现刚才的感觉，但现在理性再度恢复，牢固地占领了大脑，不会再让幻觉入侵、扰乱平衡了。尽管如此，这种体验还是令他很不安。如果事物这么容易被颠覆，即使只是暂时的，那也有可能只需稍微花点力气就可以让这个世界陷入混乱。

回到车站，他拿出之前找到的那盘磁带来听。听了几分钟，他调高音量，然后快进到后面，继续听。什么都没有。他又快进一次，按下播放键，听着磁带转动的咝咝声。他快进到最后，翻了个面再听，同样什么都没有。空白，这是盘空白磁带。妈的。

还有时间可以打发，他打电话给蕾切尔。当她接听时，他听到了音乐声，是大提琴或低音提琴。

“沃克！我一直在等你的电话，”她叫起来，“等一下，我把音乐关掉。”

一会儿工夫后，音乐声没有了，她重新回到电话那头，“好多了，现在我能听见你说话了。”

“那是什么音乐？”

“巴赫的大提琴组曲。你听过吗？”

“没有。”

“那是我最喜欢的音乐章节。等你回来我给你听。”

“你会拉大提琴？”

“我会放唱片。我们一起听。”

她的话勾勒出遥远的将来可能会发生的画面，当他们都老了，音乐如同烟雾般在房间里缭绕。

“在这期间……”蕾切尔说。

“这期间有什么消息吗？”

“人们在打听你。”

“一个叫卡佛的家伙吗？”

“不是。”

“你以前有没有碰到过一个叫卡佛的男人？”

“没有。”

“你确定？”

“我当然确定。怎么了？我应该碰到吗？”

“不是，那——那没什么了。那些找你打听的人是怎么回事？他们有提起任何人的名字吗？”

“没有。”

“他们是什么人，你心里有数吗？追踪者？失踪人口调查办公室的？”

“我不知道。”

“你对他们说什么了吗？”

“没有。”

“乔安妮·马洛里是谁？”

“乔安妮？她是亚历克斯的姐姐，但他十年没有见过她了。他不跟家人联系。据亚历克斯所知，她已经死了。怎么，你找到她了？”

“不，没有……”沃克停下来，听蕾切尔说。

“还有一件事。有人邮寄了一张亚历克斯的照片给我。”

“邮寄？”

“是的。今天早上收到的。”

“从哪里寄来的？”

“可能是任何地方。我是说不可能知道。你知道有时候会收到那种没有盖邮戳的信吧？上面有邮票，但是没有邮戳。”

“照片是什么样的？”

“看上去很奇怪。模糊，颗粒感很强。像是从一张大照片上放大出来的。”

“能看出在哪里或是什么时候照的吗？”

“恐怕看不出，不过你想看一下，对吗？”

“是的，但……我再打给你。我会试着找一个你能把照片发给我的地方。我准备去——”他突然住口。

“你准备去哪儿？”

“听着，我会再给你打电话，好吗？”

“你还好吧？”

“是的。我得走了。”

“小心点。”

“你也一样。”

他们等着彼此说再见，然后挂断电话。

去伊比利亚是一段漫长的旅程。沿途脏兮兮的景色在车窗外闪过，沃克试图对所发生的事情作个总结。他对马洛里在全国显然是随意的走动感到困惑不已。除非他在躲避什么人或在寻找什么东西，否则怎么都解释不通——即使这样也只能解释一小部分。摆在面前的线索越来越少。一开始他找到了一个住址，然后是一个电话号码，现在只是个邮戳地址。下一个会是什么？火车的节奏让他昏昏欲睡。他打了个盹，二十分钟后在疼痛中醒来，因为他的头一直在座位边上像狗舌头般耷拉着。过道对面的女人在膝盖上铺着毯子玩塔罗牌。在沃克看来，她玩得相当有耐心。距离沃克最近的一张牌被他无意中瞥见，上面是一座被黄色的雷电击中的高塔，人们和砖石一起向地面倒去。意识到他在看，女人对他笑着说："这个可以打发时间。"

沃克也笑了笑。他非常不舒服地调整了一下坐姿，对窗外一成不变的风景视而不见。

第四章

到伊比利亚后，他在出租车司机推荐的酒店订了房间。他给蕾切尔打电话，给了她酒店的电话传真号码，半小时后拿到了那张照片的复印件。确实颗粒化严重，非常模糊，而且经过传真传送，清晰度更低了。正如她说的那样，这张照片显然是另一张大照片上某一部分的放大版，此外，靠那小而模糊不清的背景根本无法判断它是什么时候、在哪里拍的。照片上是马洛里大半身的侧影：四十来岁，短发，唇形下弯，这样的人笑起来比较费劲。尽管蕾切尔对马洛里或多或少进行了描述，但沃克看到照片后的第一反应是吃惊：他在脑海里所描绘的马洛里不是这个样子的，这不是他想象中的马洛里。不过，他的感觉几乎马上就根据手中的影像开始重新组合。他越是努力把思想集中在这种差异上，他被引领着去相信的——或是他所期望的——与这张照片上所显示的这二者之间的差异，就越是难以分清他所猜想的与现状所揭示的这二者之间的关系。

即使手上有了照片，对于下一步怎么做他仍然没有头绪。据他所知，马洛里可能在任何地方——任何城市，任何国家。他什么都干不了。去找那个玩塔罗牌的女人，看她能不能给点线索，这主意听起来几乎跟他能想到的其他办法一样好。或者在电话簿上找个通灵师，让他（或她）从死人那里打听点消息。

尽管这些想法荒诞至极，但这标志了一个转折点——转机的开始——在他寻找马洛里的过程中。从这一刻开始，这场搜寻的性质发生了微妙的变化，他将越来越少地依赖外在线索，而更多地依靠自己对在相似的环境下马洛里会做些什么的直觉。他是到后来才明白这点的。当时他只是想起出租车司机向他推荐酒店时说的那句，“所有的游客都住那儿”。有可能出租车公司跟这家酒店之间存在协议，根据推荐过去的人数拿提成。每天只有一班火车从默里迪恩到伊比利亚，没有巴士可搭乘。所以如果马洛里坐火车过来，就跟他一样在同一时刻到达这里，而且有可能被推荐到同一家酒店。他走到酒店的服务台询问，但他们没有过往住客的资料，而且来来往往的客人太多，他们也无法辨认出马洛里的照片。沃克回到自己的房间，思考着如果马洛里住在这里会做些什么。也许他什么也不干，就像沃克现在一样，打开电视又关上，肚子饿了就出去吃点东西，找个酒吧喝点酒。

沃克向窗外望去。天黑了，开始下雨。他穿上夹克衫，把马洛里的照片叠好放到口袋里，出门去找酒吧。酒店外一片空寂。马路对面的那条街上，从雨中闪烁的霓虹灯数量来看似乎还有些希望。结果他发现那些霓虹灯分别是修鞋店、药房和旅行社。沃克走完整条街，转到另一条挤满人和车的街道上。离他两条街远处是个地铁站，有个男人在那里卖伞。感觉雨点打到自己脖子上，沃克跑过去买了把伞，顺便问这附近有没有酒吧——能让他喝一杯、吃点东西的地方。卖伞的让他去“菲内利”，并给他指路，在两个街区外。

沃克在吧台边坐下，要了啤酒，他在一排排烈酒背面的镜子里瞥见自己的脸。喝完第二杯，他又点了份汉堡，还没等汉堡上来，他已经准备好喝更多的酒了。电视上在播一场他没看过的球赛。可能由于对方球员犯规，球场边一阵骚动。目前他可以搞清楚的是，这场球赛既不是决赛也不是半决赛，而是十六强争夺赛，比分——除非他彻底误解了——是540比665。

沃克转向他旁边的男人，询问有关球赛的事。那个男人是个大胖子，少了几颗牙，穿着工作服，很乐于进行这种典型的酒吧式闲聊——只是说话，从不提问。这对沃克来说非常好，尤其当他得知这个男人每天晚上下班后都会来这里，像钟表一样准时时。他一周有五天晚上加完班后八点来到这里。

"其他晚上呢?"

"其他晚上我会早点来这儿。"他笑得咳起来。他们握了握手，男人说他叫布兰奇。

"有想过去寻自己的根吗?"沃克问道。他的新酒伴的笑点很低。沃克给布兰奇买了杯啤酒，这家伙还在为他刚才的笑话窃笑不已。布兰奇没有给他回买一杯酒的意思，于是沃克又点了两杯，并问他会不会恰巧记得两个月前曾跟自己的一个朋友交谈过，如果那时他在城里的话。实际上，正是这位朋友向他推荐的这个酒吧，他说道，接着开始描述马洛里的样子。

布兰奇停下咀嚼，喝下半杯啤酒。酒吧谈话经常会遇到这样的问题：有时候很难辨别你谈话的对象是陷入了沉思还是已经喝得神志不清了。

“啊，我可能真的记得他。”

“实际上我还有张他的照片。来，给你。我随身带着这张照片好几个月了，从来没丢掉过。”

布兰奇拿照片的样子就像拽着某个家伙的领子一样。

“大约两个月前，对吗?”

“确实，正好两个月。”

“嗯，我记得他。”他递回照片，“我们聊了一会儿。”

“聊了什么——我的意思是，你是否恰巧还记得你说了些什么?”

“说了许多聊天时经常会说的呗。”

“他有没有——我不知道他有没有提及要去哪儿，有说吗?”

“真说了——如果他跟我记忆里的那个家伙是同一个人的话。至少他问过我是不是知道去乌思福莱特的巴士什么时间发车。”

“你告诉他了?”

“我告诉他每三天才有一班巴士去那儿，他已经错过了。我还告诉他最好的办法是先搭巴士去弗伦德希普，然后再从那儿坐巴士去乌思福莱特。”

“乌思福莱特，那就对了。他一定是去见他姐姐乔安妮了。”

“哦，那我就不知道了。”

“他有说会照你的方法去坐车吗？”

“没说，不过他对我提供的信息表示非常感谢。”

“那他有说会在那儿待多久或接下去会去哪里吗？”沃克意识到自己有点太过了，追问得太紧了。

“你为什么对他这么感兴趣？”

“哦，我只是想赶上他。”

“俗话说得好，这种情况，要不就是他欠别人钱了，要不就是有人要杀他。”

沃克笑得有点勉强：“都不是。”

“你是警察？”

“不是。”

“追踪者，嗯哼？”

“不，我只是他的一个朋友。因友谊尾随他而去的朋友。”沃克说。这是他今天晚上说的第二个笑话。

“狗屁。”布兰奇说，不是生气也不是嘲笑，只是结束了谈话。沃克抬头看了看电视：现在比分已经升到四位数了。他给布兰奇买了最后一杯啤酒就匆匆回了酒店。

沃克酒气熏天地来到酒店服务台，那个小伙计很耐心地替他查看巴士时刻表。沃克的运气比马洛里好——第二天早晨就有一班直接到乌思福莱特的巴士。他甚至当下就可以在酒店订票。沃克马上说“好的”，然后在票写了一半的时候，他对服务生说稍微等一会儿，他突然想起还有一些其他事情必须马上去办。

“没问题。”服务生说，不耐烦地把票撕成两半。

回到房间后，沃克试图在醉意中整理思路，从一种可能性考虑到另一种。搭上快车意味着他可以赢得一些时间，因为显然——如果酒吧里的那个家伙没搞错的话——马洛里已经从弗伦德希普坐车去乌思福莱特了。看起来似乎没有什么必要去弗伦德希普。但……但如果从现在开始外部的线索越来越少，那么他只能把自己设想成马洛里才行。那样的话，越是准确地效仿马洛里的行动，越容易复制出他所作的各种选择。追踪马洛里不再像玩蛇梯棋游戏了。他现在可以连跳五步，但在这个过程中，错过的任何一步都有可能在事后被证明远比连跳五步重要得多。

他给服务台打电话，订了一张去弗伦德希普的车票。他准备上床睡觉，在包里找牙刷时无意中碰到了那台录音机，便把它拿出来扔到床上。他在床上躺了几分钟，接着打开录音机。还是什么都没有。他把磁带翻了个面快进，一直播放到最后，以防会有一条简短的信息隐藏在磁带的最后几分钟里。他把录音机的音量调小，好减少那种嗞嗞声，使它更安静地播放。或者说不是那么恼人地播放……他关掉录音机，拿出那盘磁带，将随机附送的空白磁带放进去，按下播放键。他听了一会儿，取出空白磁带再换上那盘磁带听。是的，什么都听不到，但绝对是完全不同的无声。这不是盘空白磁带，而是在一个什么都听不到的地方录制的一盘无声的录音磁带。他认真地听，意识到并不像他刚开始想的那样完全没有声音。某些特定的声音正因为不存在而变得显著起来：磁带不是在乡村录制的——没有鸟叫声，也没有灌木丛的沙沙声。他不断地调节低音和高音的控制旋钮，来减小嗞嗞声以保持声音的清晰度，他竖起耳朵，努力透过周围的声响捕捉住一丝其他声音。这样做既奇怪又困难，他坐在那里，试图把房间里的安静赶走，以便能破译无声的磁带。他这样竖着耳朵仔细听带来的双倍困难是，房间里的一点点声音都能引起他的注意。录音机还附送一副小耳机，有了这个，他就可以像蚕茧一样把自己包裹在无声的磁带中了。他听到了一阵轻微的嘎吱声，像百叶窗在微风中晃动，远处的钟声，交通车辆的嗖嗖声和嘀嘀声，水管发出的汩汩声，可能在下雨。

他听得如此投入，以至于把磁带结束时弹起来的咔嗒声当成了砰的摔门声。

第五章

早晨，稍微在周围转了一下之后，他就搭巴士去弗伦德希普。为了严格执行重现马洛里行走路线的方案——无明确意义地——他买了一张前去乌思福莱特的车票。

巴士几个小时内都不会开。他围着小城转悠，在一家双胞胎兄弟开的咖啡馆里吃了中饭，兄弟俩一个做厨师，另一个当服务生，两个人都一直面带微笑。有人留了一份报纸，内页向外翻开着，露出填字谜和分类广告。填字谜已经被填上，去阿森松的渡船时刻表被圈了出来。沃克一边吃饭，一边浏览了报纸上的主要栏目。只有一篇文章他仔细看了，内容是关于一个死去男子的面部重塑。火车站里有几个人死于一场大火，其中一具尸体的身份还未确定。通过残骸法医专家重塑了这名死者的长相，包括发型。六个月过去了，还是没有人来确认死者身份。一个人就这样消失了，却没有产生任何影响，没有人注意到：一个除了自己以外对其他任何人都没有意义的人，也许甚至对他自己也没有意义。一个不欠任何人任何东西的人。

直到被鸡蛋和玉米渣撑得快直不起腰了，沃克才离开咖啡馆，回到车站。这个小城有些古怪，但他说不出具体原因。突然之间他恍然大悟。这里没有树，没有鸽子，也没有花园，但到处都是树叶的沙沙声、鸟儿飞离时拍动翅膀的声音和咕咕的叫声。他着实吃了一惊，站在街角倾听。结果令人不安，倒不完全是因为这事太古怪，更多的是因为他吃不准这到底是令人沮丧还是令人欢欣鼓舞：沮丧是由于这些事物在这里竟然都不存在，鼓舞则是因为虽然这些事物不存在但其声音却保留在此。想到昨天晚上听的那盘磁带，他将录音机放到墙上，放进那盘空白磁带。他按下录音键，让机器把周围所有的声音都吸进去。

还有时间，在巴士离开前他买了五盒空白磁带。

乌思福莱特的汽车站规模很小，符合一个破旧小城镇的标准。全国各地的巴士在一片混乱中来来去去。巴士轰鸣着进站又出站，司机们处心积虑地抢泊车位，喇叭声震耳欲聋。售票员互相打招呼、开玩笑，孩子们爬上车卖饮料，又抓着放空瓶子的柳条筐跳回脏兮兮的地面。

有标语提示要小心扒手。每隔一会儿，沃克就觉得有人很可疑地往自己身上挤。他问在哪儿可以搭出租车，一个头发花白、少了条胳膊的男人用假肢含糊地指了指。

沃克从人群里走开，不清楚自己到底应该去哪儿。带着尿意，他找到一个厕所，里面的气味难闻得仿佛历史上所有的传染病都来自这里。城市在年复一年地肆意扩展，直至将周围的土地糟蹋殆尽，这个厕所就是这一进程的缩影。野心勃勃的污水从便池里溢出，然后在地面上漫延，最终将这方圆几码之内都变成粪便和厕纸的集中营。沃克尽力不去看，但很难抵制这样一种想法：来这里的人多多少少都有慢性肠炎，你能想到的各种各样的人的粪便都在这里——除了那些意味着正常身体代谢的健康大便以外。即使在这里撒泡尿都跟喝了被污染的水一样有风险。一切都被污染了，包括你的视线。

他继续往前走，直到来到一个跟汽车站的混乱比起来相对空旷的地方。老人们全身心倚靠着他们的拐杖。狗和男人一路探索着通过四处蔓延的垃圾堆。到处都是生锈的铁罐、瓶子和破布。垃圾已经同建筑物一样获得了永生。垃圾是如此之多，以至于废品与之相比根本不值一提。这整块地方就是由废品组成的——并非被废品污染——托来往巴士的福，废品被附上了一层油膜。甚至连脚下的泥巴都是由石油组成的，经过时间和车轮的碾压，石油被压实，渗进地下，整个过程仿佛三百万年前的演变史悄悄地重新开始了。

沃克绝对走错路了：那儿显然再没有什么建筑物，只有一辆辆巴士开过油乎乎的荒地。这个发展中的城市如此唐突地给荒芜让路，实在很奇怪。他原先以为市中心的拥挤会产生离心率作用，将人们赶到市郊。但现在他怀疑是否存在一个反作用力，是否因为市郊的空旷驱使人们挤向市中心。因此，最基本的是空旷所带来的恐惧感让人们要挤在满是脏污的城市里。越拥挤，生活环境越糟，他们越能感受到自己的存在，仿佛五六个人住在一间房间里是这个城市所许诺的舒适生活。

似乎对此现状屈从了，沃克开始重新往车站的方向走。天空湛蓝。一群人围成一圈站在火盆边，因为下午的烈日很快就要转变成夜晚的寒冷。两个戴头巾的男人在地上铺着手帕玩骰子。沃克问在哪里可以搭出租车，他们指了指左边。好几次有小伙子问沃克是否需要帮助，他都咕哝着说没事，如果有人坚持要提供帮助就赶紧走开。他试图让自己看上去很放松，知道要去哪里，但全世界的贼应该都非常熟悉这个套路。他开始觉得，无助、害怕和迷失的样子才会是更有效的策略，也许这样人们就不会理你了。唯一真正安全可靠的办法是所拥有的东西比其他任何人都要少——但这里的每个人看上去都比别人更贫乏，哪怕只是拥有健全的四肢也是一种优越性，从而成为易受伤害的对象。

他在汽车站尽头找到了出租车候客处，那里紧挨着一个大市场。司机直到车里塞满了人才肯走，沃克疲惫不堪地坐在一辆破旧的梅赛德斯后排，每当有人挤上车时，他都被推到更角落的地方。一个女人挤在他旁边，手里拎着一堆鼓鼓囊囊的购物袋。车拐弯时，有个袋子破了，水果和蔬菜撒了一地。沃克弯腰帮忙捡东西，看到其中一盒鸡蛋打开了，有一个鸡蛋已经碎掉，蛋液都溅在了他的鞋上。那一刻他简直要昏过去。女人道着歉，用纸巾笨拙地帮他擦鞋。沃克强迫自己微笑，坚持说没关系。他做了个深呼吸，睁开眼再闭上，等着这阵突来的眩晕过去。

沃克一到酒店登记好房间就给马洛里发了封信。实际上他发了十封，信封里只有白纸，通过美国通运公司寄往马洛里可能经过的城市。在每个信封上他都写着“如有新地址请转寄”。如果他没有别的事可做——不知道马洛里接下来去了哪里——他可以挨个去这些城市，每到一处就问有没有亚历山大·马洛里的信件。十有八九这些信都会石沉大海，但也许，他希望，它们会抵达马洛里确实去过的城市。如果信件被取走了，那么说明在信件到达与沃克到达之间的那段时间，马洛里就在那个城市。如果它们抵达时马洛里已经离开，那么他有可能会安排转寄。这样一来，这些信就成了一种追踪器，一场预先搜查。

除此之外，他不知道在乌思福莱特还有什么事可做，在这么一个肮脏、拥挤、泛着馊味的城镇。他走在大街上寻找——找什么？寻找马洛里可能经过的蛛丝马迹，以及任何暗示他可能去哪儿的线索。他感到毫无要领，荒唐无比——然后，在到这个小城的第二天，他看到了马洛里。

沃克正在前往市中心的美洲广场。当他靠近广场时，街道变得越来越拥挤。城里的西班牙居民区正在举行某种宗教狂欢活动，那儿人多得连移动都很困难。然而，比起他现在身处的拥挤之地，那儿竟也算不得什么。沃克拼命朝里挤了二十分钟，最后却发现自己依然还在广场外围兜圈子。这儿的街道感觉像是足球场的观众席，一层接着一层。此时，沃克看出来没有希望了——他不可能走进广场——不可能从人群中脱开身；他只能随着人群流动的方向走。有些地方——特别是地铁站出口附近——人群已经完全冻结住。想要从地铁站出去的人们发现出口已经被想要进站的人群堵死了。一个女人摔倒了，消失在视野里。看起来似乎要被人群踩踏了，但几秒钟之后她又抽泣着出现了，面如死灰。

人群的密集度并不均匀一致，只要你放弃自主选择，随着人群的流动方向，一定程度的走动还是可能的。当人群绕过食品摊后，沃克发现自己所在的地方没那么挤了。他从人群中艰难地拔出脚，踉踉跄跄地走了几步。前面有个男人试图骑自行车穿过人群——而他旁边就是马洛里。沃克如同遭电击般意识到这一点。这不可能，但没错，他确定。这偶然的一瞥，几乎是出自本能的识别就是确切的证据。沃克在嘈杂的人群里大喊："马洛里！"好多张脸孔转过来，马洛里的也在其中。又一波人潮涌过来，那些脸孔马上转回去了。他又喊了一次，这回更多的人转过头来——但没有马洛里，他似乎正在人群中奋力移动。沃克推开挡在前面的人往前挤。马洛里随着人群移动，无法竭力领先，但始终与沃克保持十码的距离。沃克使劲用胳膊肘推挤着前进，招来谩骂和还击，他以此将距离缩短到三码。马洛里继续往前移动，显得如此平静，周边的人不可能猜到他正在努力摆脱后面那个横冲直撞的家伙。平静是伪装出来的，沃克发现，每当人群中有一丝缝隙，马洛里就会抓住机会领先几码。沃克前方又出现一波推搡，他看到马洛里突然被人群困住了。马洛里周围的人群紧密地连在一起，形成了等高线，而沃克移动起来还相对容易一点。他挤过拥成一团的人群，手臂像游泳一样越过无数肩头。又一阵推挤来了，马洛里摇晃着身体，但周围的人挤得他不可能摔倒。沃克的手臂像楔子一样插入人群，拼命往前挤，距离马洛里只有两码远了，但那里的人群太密集，根本无法动弹。恐慌开始蔓延。后方又出现一波推搡。有三个人消失了，这引发了一波逆潮，每个人都朝反方向挤去。沃克一下子失去重心，但马上被周围人的身体扶正了。他瞪眼看着四周，加入了互相指责、谩骂的人群，他意识到自己一路推挤的行为助长了这一波波的推搡和恐慌，而自己正因此受到威胁。马洛里离他只有一码远了。沃克的手臂被人群压住了。如果可以抽出胳膊向前伸，就能够着他的肩膀了。这样的状态维持了五分钟之久，人群就像只巨大的千足虫舞动着细腿，准备去摧毁脚下的一切。正反两个方向的推挤在人潮中晃动，直到拥挤的人群慢慢平静下来。马洛里趁机移动了几步，两人的距离又拉开了几码。沃克跌跌撞撞地向前走了没几步就发现自己又被人群围起来了。片刻后他又能移动了，但和马洛里之间的距离一直在增加。那情形就像在大海里：强有力的漩涡和潮水将你往想要去的反方向吸。这对马洛里很有利，他随着人潮走，但对沃克来说要紧紧跟住他几乎不可能。人群推着马洛里朝一个方向走，可几分钟后又从另一个方向把沃克拉过去。现在马洛里离他有十码远，而且不可能在人群中开出一条路来。又来了一波推挤，沃克被挤得离马洛里更远了，被挤到停在那儿的一排车的另一边去了。他感到身后一阵猛烈的推挤，站都站不稳，只能抓住前面一个女人的肩膀，差点把她都拽倒。待他恢复身体平衡后四处张望，就再也看不到马洛里的身影了。

从监控器里看到这一幕后，警察过来渐渐驱散了人群，但沃克还是被困了几个小时。从任何正常的角度来看，这都是场匪夷所思的大拥堵，而当他最终跌跌撞撞地回到酒店时，还是对酒店大堂的空荡感到吃惊不已。

他筋疲力尽，肌肉疼痛，后背和胳膊都碰伤了。泡澡的时候，他一遍又一遍地回想当天发生的情景，直到开始怀疑他看到的人是否真的是马洛里。即使确实是他，沃克现在和他之间的距离同之前一样远。他曾与马洛里仅一码之遥这件事变得毫无意义。

这种怀疑在第二天给蕾切尔打电话后变得更深了。她刚和马洛里的一个朋友通过话，这个朋友说他在阿森松港口见到马洛里了。

“他想知道我是不是有亚历克斯的电话号码。”

“多久之前的事？”

“我今天早晨跟他通的电话。几个小时之前。他留了电话号码。”

沃克记下电话号码：“那地方叫什么名字来着？”

“阿森松港口。你觉得他会在那儿吗？”

“有可能。”他心不在焉地说。阿森松……阿森松。他努力回忆这个名字，然后想起来了：报纸上的渡船时间表。真是巧合——没有巧合就没有生命。巧合就是命运的碎片。

“你在听吗？”

“在，不好意思。”

“听起来不太乐观的样子。”

“我想我昨天看到他了。”

“你看到亚历克斯了？”

“现在又不确定了。我很有可能看错了。越想越不确定……我总是想到你。”

“我知道。当我想到你的时候会微笑，沃克。”

“那意味着什么？”

“意味着我喜欢想到你。”沃克对着听筒笑起来。他们听着对方的呼吸声。几秒钟后，他们挂断了电话。

第六章

大海波涛汹涌。船上散发着一股石油和腐烂食物的味道。打沃克有记忆起，他就讨厌船：要跟厚重的钢铁和巨大的螺栓打交道；所有的东西都涂着厚厚的油漆；必须跟低矮的自动门作斗争；厕所总是湿答答的。他站在甲板上，吃惊地发现自己那么快就厌倦了眼前的景色：渐渐远离的陆地、狂躁的海鸥。连海水都让人失望，灰暗、冰冷。

他走下甲板，想吃点东西，但所有食物都散发着一股怪味，让人无法下咽。甚至从装在一个亮闪闪的罐头盒里的博洛尼亚牛肉酱中都能闻出法式炸薯条和鸡蛋的味道。他走到休息厅，人们已经睡到地板上了——椅子上都装有扶手，防止有人在上面躺下。那横七竖八的混乱场面糟糕到了极点。

很快，到处都有人晕船并呕吐起来。那味道跟厨房里臭烘烘的气味混杂在一起。沃克想自己还是应该回到甲板上去。空气里充满了水花的味道。让船尾一排准备就绪的照相机失望的是，没有落日出现，夜色就降临了。

沃克继续待在甲板上，录了一段周围的声音——他突然受大海的影响，想起之前用录音机录过的声音。录完后再听，他惊讶地发现海鸥的叫声、风声和海浪声让人联想到的并不是眼前这般悲惨的现实，而是一段浪漫美好的海上旅程。

船在第二天黎明时分靠岸。沃克走在一排前去面见入境官员的人们中间，借了支笔填写入境申请表。“来访理由”，沃克犹豫了一下，草草地写了个“旅游观光”，并将中央大酒店——瞥见旁边旅客这么写的——写成自己的逗留地址。他等在黄线后面，直到港口的工作人员挥手——全世界的边境工作者都一样的缓慢、无聊而又权力无限的一挥手——示意他往前走。沃克说“嘿”，递过他的申请表，等着。那人在看一本巨大的航海日志，头也没抬，合上书说：“那边。”

“什么？”

“在那边等。”

那边有一条长凳。沃克等了十分钟。一扇门开了，另一个家伙眯着眼看着手里的表格，叫道："沃克……先生？"仿佛这个名字很难发音似的，可能他是个外国人。沃克跟着他走进一个房间：桌子、椅子和成堆的文件。这家伙抽着烟，没刮胡子，衬衫领口敞开着。沃克立刻意识到了——贿赂——领会到这一点让接下来的问话变得轻松而隐晦。所有关于他的情况及意图其实都只与一件事有关：他能给多少钱。沃克暗示自己可以给很多，尤其是如果能从他们这儿得到一点帮助的话。那个官员犹豫了一下。那取决于……

"我的一个朋友来这儿了，"沃克开门见山地说，"我想应该是几天之前。我要去拜访他。需要知道他在入境申请表上填写的住址。"

"不可能。"

"需要多少钱？"沃克看出男人的眼里闪着贪婪的光，知道一个小时之内他就可以得到自己想要的信息离开这里。现在只需要最后谈一下价格。

结果比他预计的时间还要短。他到中央大酒店办好入住手续后，按蕾切尔给的号码打过去，没有人接听。过会儿再打，还是没有人接，于是他就动身前往那个朋友——他现在是这么想港口那家伙的——所给的地址。

房子位于城东高处的一片旧排屋当中。他站在大厅等电梯，隐隐约约觉得哪里有些不对劲。在电梯里，他盯着镜子中的脸，想着自己看起来怎么样。镜子里的他一副期待答案的样子。

公寓在七楼。到五楼的时候，沃克确信自己犯了一个错误。电梯在六楼停了。一个长着雪茄脸的女人侧身让沃克出去。他从走廊轻声走到紧急出口，上楼梯。把防火门慢慢地打开一点，他能够很清楚地看到七楼D房间。他让门只留一条刀刃宽的缝，能透进亮光，然后等待着。

十分钟后，一个矮胖的男人从电梯里出来，开始敲那个房间的门。门开了，他轻声地说着话。几秒钟后，一个身影出现了，沃克认出是卡佛。沃克转身准备下楼，但听到下面传来脚步声。他尽可能轻手轻脚地往顶层跑去。有把折叠梯通向结了霜的天窗。沃克放下梯子时发出了刺耳的吱吱声，他在“嘎吱嘎吱”声中向上爬，撞开天窗，爬上屋顶。

四周都是车水马龙的嘈杂声。云朵的阴影时有时无。他跨过屋脊，走向隔壁一栋房子的窗台。那儿有一个天窗，从里面锁上了。隔壁的房子比其他的房子都要高，他不得不像做引体向上那样把自己吊上去。正要这么做的时候，他听到了后面的脚步声。他弯下腰越过屋脊，躲在一个破烟囱后面。看到追他的人从天窗出来后分散开，他赶紧跑开，猫着身子往旁边的屋顶挪。他一直保持这个动作，直到那片排屋突然被一条提供社区服务的小路断开。下面黑漆漆的，摆放着垃圾箱和各种垃圾废品，碎玻璃在那儿闪闪发亮。缺口虽然只有四码宽，但窗台旁边的装饰墙让他不可能跳过去。他扫了眼身后，试试能不能进电梯房。门是锁上的，不过旁边有两个生了锈的脚手架柱子。

他捡起一根柱子，拿在手上像个走钢丝的，向窗台边走去。他把柱子一头放在矮墙上，试着让另一头越过那条小路。还差一码的距离，因为太重拿不住了。他把柱子拖回来再试一次，柱子和墙壁摩擦发出刺耳的声音，这次他将柱子末端顶在墙上，角度降低几度朝对面屋顶伸过去。就在他快要握不动的时候，他放手让柱子像个节拍器一样掉下去，砸到对面的矮墙上，然后又弹起来，抖动着。他跑过去想稳住它，但柱子那端滑离了对面的墙，这端也从他的手下弹出，打着转跌落下去，一下子不见了，接着就听见下面传来一阵“乒里乓啷”的声音，一片混乱。而此时，他已经在把另一根柱子拖到位了，这次的位置让它可以起到支架的作用。他把柱子倒放，慢慢地松开手，看着它往下摇晃。柱子还是发出了“嘎吱嘎吱”的声音，弹跳着，但这次一端被墙固定住了，另一端也搭在对面的屋顶上。他把柱子再往前推，直到搭在房顶的两端都有一英尺的长度，然后他爬上屋檐，开始准备越过小路。移出一码后，他把脚抬起，绕在柱子上，这样可以加快移动速度。

屋顶上传来一阵喊叫声。他抬头从胳膊缝里看到那帮追他的人已经冲到了屋檐边。他们试图把柱子从墙上撬开，但沃克身体的重量使它紧紧卡住。他继续往前爬，一步又一步，肩膀使力拉，脚使劲蹬，让身体往前挪。当他们开始抬起柱子时，他感到一阵晃动，但柱子又落回去了，发出尖锐的刮擦声。晃动的结果是他的腿从柱子上掉下来了，只能靠手吊着。一瞬间，他悬挂在空中，有些失控，但调整呼吸后，他开始再度移动，两手交替往前挪。他扫了一眼身后，他们站在墙上，正把柱子往阳台的方向推。最终随着猛烈的推动，他们将仅剩的几英寸推掉了。沃克抓住了房檐，脚手架柱子顺着他的肩膀笔直掉了下去。他用手指抠住墙壁。下面又是一阵碰撞声。他爬上屋顶，回头看。那一刻，四个男人站着：沃克和追他的三个人，他们一动也不动。

“听着，”卡佛喊道，停下来喘口气，“我们应该谈一谈。我们可以互相帮助。”

沃克大口吸了几下空气。卡佛又开始说话了，一道突如其来的阳光将他的轮廓照得异常清晰。

“我们要的是同样的东西。我们知道马洛里在哪里。”沃克调整好呼吸，似听非听。他转身沿着一排排屋顶继续走。卡佛叫道：“等一下。沃克，等一下。”

沃克继续走，他听到卡佛的吼叫：“这是你最后的机会，兰斯洛特。你死定了。”

沃克试着走紧急通道。门是锁上的，但这门连同门框都腐烂了，一脚就踢出一个洞。他伸手进去打开门锁，然后低头走向楼梯。他冲下楼，走进拥挤喧闹的大街。一辆出租车停在附近，沃克推开等在一边的上班族，拉开车门冲进车里。

回到中央大酒店后，他把自己的东西都堆放到包里。他唯一关心的事就是离开阿森松。下一步去哪儿不重要。话虽这么说，但他还是在想，坐飞机也许不是寻找马洛里的最好方式。马洛里的行踪如此没有规律，也许他应该放弃任何计划。他赶到火车站，买了一张去阿莱美茵的车票，那儿是他随机发信的目的地里离这儿最近的地方。

他还有点多余的时间：火车十五分钟内不会开，并且不允许乘客上车。他在车站大厅里四处溜达，带有多半会在这里遇到卡佛的猜测。毕竟这里至少有一半的人看起来不是在跟踪别人就是在被跟踪。他之所以这么想，也许是因为这么多人都戴着帽子的缘故。在任何其他场合，戴帽子都显得有些做作，但在这儿，火车站里，帽子是旅行的标准行李之一，一张副券。有机会不被猜疑地戴着帽子也许正是保护旅途艳遇的手段之一。

在去月台的路上，经过一个自助拍照亭，他低头避过布帘走了进去。那是个藏身的好地方，不过并非有意为之，他将可调节高度的旋转凳放到最低，并往机子里面投硬币，摆好姿势照了四张快照。狼狈地从拍照亭出来，他看到一个读小报的女人朝他这边走来。一个亚洲女孩进了拍照亭。他看看钟，广告牌上写着“四分钟出照片”。标语周围全是样本照片，有微笑的一对儿，还有或微笑或严肃的单人照。其中有一张是一对黑人和白人夫妻在接吻和扯脸——在那个相对私密的小亭子里，你可以做任何你想做的动作。机器不会在意，它只管记录，不会关注。不管你是丑还是美，是高还是矮，机器都一视同仁。

才过了两分钟，照片就出来了。他走到机器边一看，是那个读报女人的照片。女人走过来取走了照片。

照片的冲洗时间是累计的，所以他还要再等四分钟——也可能是五分钟——但现在只剩下四分钟可等了。广播里已经在通知火车马上就要出发。两分钟过去了，他抬头看钟，扫了一眼出照片的金属盒，向火车走去。刚走两步，他好像听到拍照亭那边发出一阵微弱的沙沙声。他跑回去，看到托盘还是空的，又转身朝火车跑去。

第七章

大楼、人流、街道和商店：除此之外，阿莱美茵没什么可说的——尤其是沃克找路还花了那么大力气。

他在车站买了张街道图，打算去美国通运在当地的办公室。一个小时过去了，他仍然在街道之间徘徊，几乎看遍了地图上的每个角落，但还是不知道怎么去目的地。地图上没有标记小路，但足够的细节已经说明他迷路了。这就是地图的真正功效：没有它你无法确切地说自己迷路了，有了它你就**知道**了。

沃克坚持了很久，结果越来越失望，因为街道的名字变了，距离拉长或缩短了，原本该出现的拐弯和路标找不到了。渐渐地，他开始相信地图和身边的街道没什么关系。实际上，现实和描绘现实这二者相符实属巧合。沃克花了很长时间才理解这一点：对地图的信任如此根深蒂固，以至他的第一反应是：地图是对的，是城市哪里出了问题。对地图的客观认识应该是：它只是相对准确地反映了一个地方的实际地理位置。他曾听说过有的城镇街道或建筑物被拆掉重建了，因为建设的速度太快，导致地图滞后于现状，所以在印刷出来的时候就已经过时了。但这样的地图要么是故意扭曲现实，要么就是忽略现实。

他扔掉地图自己走。一旦慢慢明白了这个城市与地图所告诉他的不一样，他就发现自己的目的地惊人地好找。

在美国通运办公室，一个漂亮的中国女人小跑着去给他查信件。一分钟后，她拿着那封他从乌思福莱特寄出的信回来了。他道谢后直接回火车站，搭了下一班火车去阿瓦罗纳。

他在去火车站的途中就注意到有不少自行车，而当火车到达阿瓦罗纳时，他惊奇地发现那么多人都在骑自行车。当他步行到市中心时，骑自行车的人从各个方向来来往往。四周全是棱角分明、疾驰而过的自行车，以及模糊一片的轮辐和框架。

那是个温暖的春日下午，沃克闲逛到了美国通运办公室。尽管从乌思福莱特寄出的信就在那儿等着他，但跟乌思福莱特和阿森松相比，阿瓦罗纳是个比较轻松愉快的地方，他决定在这儿度过一天余下的时间。他走进落日的余晖，树叶如同彩旗般随风飘动。

在一个古董店门外，他转动着一个吱吱作响的明信片架子，一张伦敦的老照片引起了他的注意。照片拍摄于19世纪，那时候的伦敦是富饶而喧嚣的商业贸易中心——但城市是荒芜的。沃克对着图片研究了好几分钟才搞明白，长时间的曝光将移动的物体都从照片中抹去了：人、矿车、马。

他一边漫步，一边思考着接下去干什么，又该去哪里。又一次，当他事后回想，这个时刻在他寻找马洛里的过程中代表着另一个重要的本质性的转变。这是第一次，他考虑的是自己应该去哪儿，而不是马洛里去了哪儿。这并不代表马洛里去哪儿了这个问题不重要——而是这个问题已经完全变成了他自己的决策过程，不需要再问了。似乎复制马洛里行动的唯一办法就是预料他的行动。当然他不可避免地会犯错误，但这些错误最终会引导他走向正确的轨道。正确的道路也许恰恰就在错误和弯路的终点。只要你在地图上做个记号，或者在本子上记下来，即使是最怪异与随机的行为都会有一个内在的逻辑。这些行为的目的依然令人难以捉摸，但它们形成了一条路，一个路线，通往某个地方。有了这样一张地图，他就能够找到回来的路。

早晨，他路过一个商店，门前锁了一排二手自行车。店主是一位自称参加过自行车巡回赛的老人。沃克示意了他自己喜欢的自行车，老人解开锁，把车解放出来：可变十倍速，下降把手，轻得用一只手就可以轻松提起来。沃克在周边骑了一会儿，问老人怎样才能得到它。

“你读过那些关于骑士和战马的故事吧？”

“嗯。”

“你看过西部电影吧？马背上的牛仔？”

沃克点点头。

“现在是你在这辆自行车上。多么清晰的血脉传承啊。只需花七十五元，你就拥有了这辆车和它的祖先们。”

“只要这辆车的话多少钱呢？”沃克说，不过在老人开始考虑开价的时候，这桩买卖其实就已经达成了。

沃克付了钱，把包绑在后架上，蹬上了自行车。

“再见，牛仔。”那个曾经参加过自行车巡回赛的男人嘴上喊着，同时将沃克的钱塞进兜里。

清晨的冷气还附在空气里不肯散去，不过骑了十五分钟后，他感觉好极了。他骑出城，一路上骑自行车的人在逐渐减少。马路宽阔，他沿着一条河骑行，河那边是一片田野。

他买了面包、水果和水当午餐，坐在一个废弃足球场的球门柱后面享用。一阵微风吹过，边线外的灌木丛顿时沙沙作响。球门被干泥巴弄得脏兮兮的，那是足球打到横梁和门柱上的痕迹。球门区和中场区的地面异常干燥，光秃秃的，布满鞋钉的印子。他一边吃，一边想象着未来的某个考古学家会努力重现球赛的顺序，从球门区那些鞋钉印的分布上分析比赛的得分情况。

下午，他骑到一座桥边，一座高大的、在阳光下闪着金光的大桥。当他走近才发现，原先他以为是热气形成的波浪其实就是桥本身。桥身略微起伏，仿佛刚刚经受了风浪，仿佛它闪闪发亮的大梁不是由钢铁，而是由某种高弹性的材料做成的。

他停在桥边，注视着它有节奏的升降，好像在呼吸。那儿不可通行，一个牌子上写着“桥梁关闭”，入口处设有路障。他抬起自行车，绕过路障走上桥。一开始，尽管他能看到桥在前面起伏，钢索受压后一紧一松，但他几乎感觉不到任何动静。接着当他过桥时，他感到脚下的路在动，就像站在平静海面上行驶的船上一样。那儿没有任何危险的感觉。他低头看桥在水里流动的倒影，扔了块石头下去，看着石头落水，溅出水花，然后消失不见。借用眼角的余光，他看到一只鸟俯冲下来贴着河水滑行。几分钟后，他蹬上自行车骑过起伏的桥面。阳光在他身后的桥柱和钢索间闪烁。

抵达对岸后，他回头眺望那座在蓝天下起伏的桥。

那天晚上他睡在路边，第二天太阳刚刚露出地平线，他就开始骑车继续前进。傍晚时分，他骑到了一个没有人只有街道的镇上，由于长时间地蹬车，他的腿都发抖了。那儿的街道狭窄，布满鹅卵石，很多更窄的小路交叉纵横，不过它们都通往湿漉漉的小巷和死路。布告栏上贴着警察会议和运动会的项目和时间。有车停在那儿，但看不出有人开过。有几家商店的门是关着的，不过大部分都在正常营业。他推开一家糕点店的门，小门铃的声音听起来像风铃。食品架上的面包和蛋糕一半都空了。他拿了块新月形的面包，吃起来像是早上刚刚出炉的。于是他又拿了两块，一边咬一边往外走，掉了一小块面包到地板上。街道被分成两半，一边阳光灿烂，另一边是对面高墙投下的阴影。在鹅卵石路面上骑车实在太困难了，他将自行车留下，把它靠在糕点店的窗户边。

他来到一个大一点的广场。广场中央有一个喷泉，一个骑兵或火枪手的雕塑立在水池中间，它手握宝剑高举过头。雕塑身穿披风、胸甲和高到膝盖的皮靴——其中一只靴子下有一条被困住的正在抖动的鱼：不是龙或蛇，而是一条爱玩，并且显然并不痛苦的鱼。除了高举的剑，看不出这个攻击性的姿势对这条鱼有任何恶意。他只是恰巧在舞动宝剑，脚下踏着一条鱼，扭动的鱼看起来充满滑稽感，仿佛它在被人挠痒而不是被踩着似的。

沃克将头伸进冒泡的水里，脸和那迷茫的鱼眼睛齐平。他用手指拢了拢湿头发，感受脖子和肩膀上的凉水。街道一边的建筑物所投下的阴影现在已经爬到另一边大楼的墙上了。他希望能找到些线索，看这儿发生过什么事情，但除了没有人之外，其他一切看起来都很正常。

街中心有一些昂贵的商店，他进了一家名叫“男人装”的店。他看了几排夹克和裤子，拿了两条内裤。接着他挑了件衬衫，拆掉包装纸、硬纸壳和别针，把它穿在了身上，又在架子上取了双袜子。他试了套西服，上衣非常合身，裤子则腰围太大，于是他选了小一号的。挑领带花了不少时间，他最终选了条素灰色带有小亮点的。他在底层发现了一双绒面仿皮的厚底鞋——舒服，好穿。他又返回楼上，挑了一件衬衣、两条内裤、一双袜子、一件汗衫和一条纯棉裤子，他把所有这些都塞进一个袋子里。他以前的衣服闻起来就像酸臭的抹布，于是他把它们全扔进垃圾桶了。

离开时，他注意到了那个收银机。他按了几个按钮，收银盒打开了。他自己付了钱并找零，然后关上收银盒，把零钱塞进衣兜。

外面的街道上已经全是阴影，只有三层以上的大楼还沐浴在成锐角的光线下。报纸和垃圾袋堆在路边等待被回收。近处，成卷的胶片在微风中沙沙作响，显然是从垃圾桶里掉出来的。他往前走，胶卷越来越多，在脚边卷成一团，扭曲得像二维图案里的蛇。他捡起一卷拿到亮光下，褐色的胶片马上变得明亮起来。上面有一个男人在一条老街上散步。其他的胶片不是空白就是被毁坏了：什么都看不到。他把胶卷松松垮垮地绕在胳膊上，继续往前走，直到看见一家酒吧。他一走进去就看到一台在发亮的针球游戏机。他在酒吧里转了一圈，从冰箱里拿了瓶啤酒，又从下一格玻璃柜里拿了一块三明治。

他喝一口啤酒咬一口三明治，坐在吧台边，脚搁在高脚凳上。他将胶卷对着光举起，眯着眼挨个看。贴近了仔细看，他才发现那并不是一条街，而是一座装饰过的桥。在最后几张胶片上，就他能辨认的部分看，是那个男人停在桥那头的收费电话边。他刚把胶卷放到吧台上，它就自动卷起来，像个危险的小兽。

他离开酒吧的时候天快黑了。他又困又不知道自己身处何方，抓着衣服袋子，他开始找地方过夜。那些小房子他都不考虑：鉴于这里没人的特殊情况，他可以奢侈一把。现在已经到了晚上，整座城市看起来很正常，就像一个格外安静的周日晚上，人们都待在屋子里休息。

远处响起了电话铃声。当他拐过一个街角时，铃声更响了：是街对面的收费电话。他离电话越近，电话铃响的间隔时间越长。一个收费电话的铃声响成这样，让人感觉很不安。有一天也许会有这样一种迷信的说法，接听随意响起的电话会带来厄运。不过迷信需要几个世纪才能形成。他走过电话亭，抵制住想接听的诱惑，但那越来越响的铃声像个绳套，走开时他依然被套住。他觉得自己在拒绝叫醒一个身陷梦魇的人。在已经走出能听见铃声的范围后，他又犹豫起来，不确定它是否还在响，便转头走回沉寂的电话亭。

在小路的尽头，他穿过了一扇巨大的铁门。路边的一排柏树伸向一个花园低矮的边墙。察看这整块地实在是太累了，他只绕着房子走了一圈。他来到一个宽敞的庭院，这里摆着太阳伞和椅子。一扇掩着的门通向花房，里面全是他认识却叫不出名字的植物：有叶子和枝干。走过空气湿润的温室，他来到屋子里面，小心翼翼地，他还没有习惯这种特权，能随意出入自己喜欢的地方。他看了看起居室和餐厅，然后上楼。

浴室正是他所期望的类型：巨大的椭圆形浴缸，厚厚的毛巾挂在铬合金架子上。粉色和绿色的洗发水瓶子让空气中带有甜甜的香味。他拧开水龙头，热水立刻像小瀑布一样流进浴缸。在隔壁的卧室，他脱掉新衣服，把它们扔在地板上。床头柜上有一张放在相框里的结婚照：一对新人站在教堂前的台阶上，彩屑像暴风雨般将他们围住。在照片的边上有一个女人——他觉得是蕾切尔——在笑着撒彩屑。她的发型不一样，看起来更胖些：不可能很准确地辨别出来。她旁边是个男人，脸被另一只撒彩屑的胳膊遮住了。

沃克拿着相框进了浴室。热水感觉像新鲜的瓷釉一样涂在他的后背上。透过水晶窗户，他可以看到一小方块的深蓝色天空，像这张照片的玻璃镜面一样被水蒸气浸湿了。他把照片从相框里拿出来，希望能在背面发现点东西。什么也没有。他重新躺回仙境般的浴缸里，用湿了的手指夹着照片，仔细地看着。

第八章

他醒来时完全不知道时间：百叶窗虽然是打开的，但厚重的窗帘将光线遮住了，当他拉开窗帘时，阳光一下子洒了进来。他可以看到城里的红瓦屋顶、水管和电视天线。从他的位置看，那些大楼都紧紧地连在一起，似乎不可能有任何道路把它们分开。远处群山卧在静谧的天空下。

外面光线太强了，他走进一家便利店买了副太阳镜，把它戴上后，大楼在灰蓝色的天空下呈现出淡淡的粉色和橘色。到处都有生活的细节，什么都不可能落下。“不许乱扔垃圾”的标语和恋人的首字母一起被涂在了墙上。马路上有个被压扁的啤酒罐。百叶窗在风中抖动，那是一扇布满灰尘的窗户。还有在阳光的折射下变得五颜六色的小水坑。

他来到一家修车厂，门前的院子里停满了二手车。他从办公室里拿了几把钥匙，其中一把是一辆红色福特轿车的。他把车开出修理厂，到杂货店补充了食物及必需品，然后沿着狭窄的街道笔直开出了城。

很快他就开到蜿蜒的乡间小路上了。篱笆和田野一直绵延到远处的大山和云彩飘动的天边。每隔几英里就有一片油菜花地，在阳光下金光闪闪。拐过一个弯道后，他看见前面有一个小教堂。他把车停在门口，绕着这座低矮的建筑物走了一圈，看到一些倾斜的墓碑。

老旧的墙壁挤压着鲜花。褐色的泥土，紫色和蓝色的花瓣随风起舞。沃克推开门，走进这如同圣歌之书一样古老的教堂。成排的板凳，鹰形的读经台，管风琴。一道模糊的有色光线透过彩色玻璃射到中间的过道上，清晰地照出了一个V形鞋印，是卡佛的鞋。

太阳被一片云遮住了，当他走出教堂时，他感觉既冷又暗。他从口袋里掏出那张婚礼的照片，设想自己在现场，他猜测摄影师当时一定是站着的。入口处的石雕像，大门的铰链，甚至玫瑰花丛细瘦的枝干——所有这些细节都与这里吻合。

他重新爬回车里，一手挂挡，另一只手拽着自己的耳朵。看来卡佛已经溜到了他前面……他拿出地图研究可能的路线。现在的位置接近地图东面的边线，但很快他就放弃了其他的路线选择，确定马洛里和紧跟其后的卡佛向更东边去了。他发动车子前进，一小时后越过了地图上的那条边线。

沿途的风景在慢慢发生变化，变得更干燥、贫瘠和空旷了。他在每一个加油站都停下来打听卡佛有没有路过。在接下去的二十四小时里，他两次被告知符合描述的男人几天前来加过油。那个人开着一辆蓝色的奥尔兹，和另外两个男人同行。

“知道他们往哪边去了吗?”

“他们只有一条路可走。”加油站的伙计说，挥手指向东方。

他继续开，景色越来越趋向空洞，扁平的地面上只有公路穿过。他路过一片被炸弹毁掉的区域。四周全是弹坑、生锈的弹壳和被烧毁的车辆。通常荒地意味着这片区域因乱砍滥伐或开发不当而导致寸草不生，但这里的情况不一样，这里比荒地还要贫瘠。炸弹将荒地炸得四分五裂，可这儿看起来根本没什么东西可以摧毁的，所以剩下的只有空洞。

稍后，他看到远方地平线处有股黄色的浓烟冒出：

是一个城镇。他开车路过一栋栋白色的房子，带有巨大木头道闸的入口和私属马路。城里一尘不染的道路两边全是成排的橘子树和棕榈树。他将车停在一个门口有桌子的酒吧前。一些不需要工作的人们在读着报纸。街对面还有一家一模一样的酒吧。菜单上列着许多不同的果汁，各种异国水果拼盘，看上去每个都那么好吃，让人很难克制住不在两秒钟内一饮而尽——即使你的意志力够强，也不到十秒就把它们喝光了。

“这个小城叫什么名字？”他问那个苗条漂亮的女招待。

“果汁镇。”她说，笑着收起邻桌给的小费。

是个好名字。每个人都喝着果汁，吃着美味的水果，个个肤色黝黑，苗条健康——除了那些在水果加工厂工作的人。对他们来说，如同生活在地狱里。他们憎恨看到芒果、猕猴桃和金橘，还把生命都浪费在廉价啤酒上，当然是在城南危险的酒吧里。

那个女招待——她的名字叫娜黛——在他点第二杯水果鸡尾酒的时候告诉了他所有这一切。他是从白色城郊进入水果镇的，得从杂草丛生的黑色贫民窟出城。天黑以后开车到那里太危险；最好在城里住一晚，第二天一早出发。他可以住在她那儿，她说。如果他愿意的话。

她两个小时后下班。沃克开车，娜黛指路。她是建筑系的学生，她的小公寓里堆满了唱片、邮购目录，还有一个巨大的画板。素描平铺在画板上，或者卷在旁边的地板上。娜黛特地挑了一些给沃克看，然后走开了。那些画都是关于滴水怪兽的，长长的獠牙和凸出的眼睛通过炭画笔栩栩如生地出现在画纸上。沃克在看画的时候，她从卧室传出声音，让他放点音乐。接着传来淋浴的声音。

她的唱片散落在地板上。挑唱片时，他意识到自己从来没有见过属于蕾切尔的东西：书、磁带、度假时买的无用的东西等。他只见过几件她的衣服。

沃克放了原本就在唱机转盘里的唱片，一个名叫拉马拉米的印度歌手，他从来没听说过。她的嗓音充满了整个房间，仿佛在诉说世间所有的幸福与宽恕。

几分钟后娜黛进来了，裹着一条浴巾，头发湿漉漉的。他吻了她的脖子，浴巾掉在了地板上。

他离开得很早，天刚蒙蒙亮。他这辈子一直在离开。对沃克来说，家这个概念永远只存在于将来。那也是为什么他可以忍受监狱生活的原因，只是当下的无限期延长而已。他的人生需要等待，等待他所作所为的结果，不论是开始还是结束，不论是什么样的结果。

还没有一家果汁店开门。街道变得越来越差了，房子也越来越破。唯一开业的是一家阴冷的二十四小时咖啡店。楼房都让位于窝棚了，之前井然有序的电话线连接一栋栋智能公寓的情景被眼前错综复杂的晾衣绳连接各个窝棚的情景所替代。马路变得更加坑坑洼洼，最后几乎称不上是平地了，只是一条有着高速公路宽度的干燥、褐色的路径而已。

太阳从远处蓝色的群山后面露出来，在山中云雾的衬托下显得更美了。右边是巨大的水果加工厂，绵延数英里，仿佛是座独立存在的城市。马路弯弯曲曲地朝工厂的方向伸去，然后又离开。沃克所在的车道几乎是空的，可当他驶离水果加工厂后，交通一下子堵塞起来。轿车、巴士和行人在这个热天里还算凉快的清晨全都出动了。在他神经质地等红绿灯的时候，有个瘦弱的年轻人在人行道的角落里瞪着他。他抓紧方向盘，觉得可能会有石头砸向挡风玻璃。接着绿灯亮了，他开了过去。

这片贫民窟好像没有尽头一样，他走得越远情况越糟糕。很快那儿连窝棚都谈不上了，只是一些波浪状的铁皮或塑料片捆绑起来搭成的遮盖物。就在情况越来越糟的时候——尽管这完全谈不上是好转——这样的情景也变得越来越少，直到太阳完全升上天空，他发现自己被灌木丛包围了。甚至连这里的灌木丛也年复一年地被贫瘠侵蚀，渐渐地，烧焦的罐头和可怜的植物被无边无际的荒地所代替，显眼的东西就只剩下太阳和天空。

天气变得越来越暖和。他摇下车窗，将手臂撑在车门上。

开到中午的时候，出现一条岔路。没有路牌。沃克停下车，走了出来。两条路的情况看起来都一样。周围一片死寂、空旷。他蹲下来，试图从纵横交错的轮胎印里得出些启示。一阵风吹过，地上一个褪了色的可乐瓶被吹得“嘎啦嘎啦”响。重新站起来后，他可以看到一些残留的车痕歪歪扭扭地向左边去了。他回到车上继续前进，在左边留下了自己的车痕。

当路过一个写着“前方道路施工”的指示牌时，他已经在这毫无特征的路上开了六十英里。开近了他才发现，施工的是一群被锁在一起的囚犯。步枪，警卫，行动缓慢地搬运和铲挖。把囚犯锁在一起服劳役的真正目的——沃克现在看来——是为了警告那些碰巧路过的有犯重罪可能的潜在罪犯。当他减速停下时，好几双眼睛转向他。其他什么都没有变，只是紧张的气氛像汗水一样在扩散。他一打开车门，一个警卫就扣动扳机，把枪正对着沃克的脸。铲挖和搬运的声音一下子消失了，直到警卫示意他们继续干活。空气里充斥着仇恨和恐惧。警卫们都戴着飞行员式的墨镜。沃克的影像从一副墨镜跳到另一副上。他高高地举起双手。从离他最近的警卫的墨镜上能看到地平线。荒地和天空，两者之间再也没有空间可放其他的东西，包括酷刑或惩罚。

“我想要……”被自己干燥的嗓子吓了一跳，他清了清喉咙继续说，“我只是想要知道，沿着这条路往前开，下一个城镇是哪里。”

囚犯们再次停下手里的活，这次警卫们什么也没做。所有的眼睛都集中在沃克身上。他听出有人在嚼口香糖。汗珠落在焦干的土地上发出咝咝声。阳光刺得他眼睛疼。

“下一个城镇。”他重复道。

“下一个是甜水镇。”离他最近的警卫说。

“我还想知道几天前是不是有辆蓝色的奥尔兹经过了这里?”

“回到车上去。”那个警卫说，他知道自己的权威会随着话语的增多而减弱。

“我只是——”

“回到车上去。”

沃克点点头，转过身去，手依然举着。在回到车上之前，他看到有一个囚犯冲他点了点头，是的。

第九章

甜水镇是个黯淡无趣的小镇。沃克在那儿逗留到搞清楚了卡佛往老鹰城去为止。他车开得都麻木了，可又不得不继续开，必须紧跟在卡佛后面，否则就有可能永远失去他的行踪。那是段漫长的行程，在快到阿提卡，一个巨型城市，离甜水镇只有一百英里的时候，沃克和那辆车都接近崩溃了。二挡只能偶尔用，四挡完全不行，所以他只能用三挡，保持六十码的时速，无视发动机的哀号。沃克已经筋疲力尽。他错过了转向阿提卡绕城公路的入口，直接进了城。高速公路一条接一条，然后他发现自己已经在一条有着六个车道的高速公路上了。这条路弯弯曲曲，呈拱形，与其他更大的高速公路相连。车流量的大小、车行驶的速度和公路的规格，这些多多少少给他带来了一定的兴奋感：追上车流让你感觉自己跑在了前头。车辆在车道间穿梭，在半英里的距离里变了六次道，然后又堵在那里。公路指示牌——蓝色的高光字体，巨大的白字刻在瓷漆的金属板上——上面没有终点，只有其他更小或更大的高速公路的名称，它们又都通向别的高速公路。对沃克来说，饱受疲惫的折磨，看着这川流不息的、没有尽头的公路，他觉得自己想要住宿的念头简直古怪、荒唐到极点。他又绕过一圈公路，感觉自己和其他那些开车的人就像一个大型实验室里某个模型里的电子，飞速运动的能量粒子。到达或离开都不重要，重要的是和其他人一起快速前进。即使是停下来加油也违背了这儿的基本原则：一直前进。

高速公路现在增加为八条车道了，它们被一分为二，像一条长长的灰色拉链被拉开一样。沃克的脚一直放在油门旁边的踏板上，他往左边开，车在不停地抖动。很快，这条高速公路又接到了另一条更快的路上。车辆急转着滑向马路对面。十条车道的车流一路咆哮着。

刚开始沃克还想保持靠左行驶，但有两条接着是三条车道不知道怎么就挤到了他和路肩中间，现在他被湍急的车流给淹没了。看看四周开车的人，个个脸色苍白，仿佛对目前的情况全都束手无策。车辆首尾相连，车速保持在每小时六十码。沃克的引擎发出尖厉的“嘎啦”声，他确定闻到烧焦的味道了。他试着挂到四挡，有一小会儿他以为成功了，紧接着发现其实是在空挡滑行。他努力再重新挂回三挡，可那个挡位就像大门紧闭一样锁住了。在感受第一波恐慌的同时，他让变速杆滑回空挡，然后尽可能轻地将其推向四挡，希望变速箱能出现奇迹。当这个尝试失败后，他左手抓着变速杆狠狠地推。变速箱发出尖叫声。车子失去了速度。从后视镜里可以看到许多车在向他闪灯。他试着再挂四挡、三挡、二挡——没有用。当车速慢下来时，他看到旁边的车里一张张愤怒的脸，他们都在谴责他。在这里停下来简直就是犯罪。这违反了在公路上行驶的最基本的规则，触犯如此基础的条例，仿佛是在对那些目击者进行恐吓。

作为最后的努力，他关闭了引擎，等了几秒钟再启动，挂二挡——不行，四挡——也不行。他的时速已经减到二十码了，所在的车道从左边数是第三条，从右边数是第四条，两边的车辆都呼啸而过。直到现在他的车快要停下来了，他才打心眼里感激因为拥堵导致周围的车速都较慢。车辆发出轻金属的光芒。他按下故障灯，但不亮——这车仿佛得了冠心病般猝死了。当车渐渐停下时，他绑紧了安全带。车子全都紧急转向以避免撞上他，他们冲过来，然后又疯狂地冲向其他的车道。他看到一辆卡车朝他开过来，听到尖锐的刹车声，眼看就要撞进后窗玻璃了。为了应对撞击，他将腿从方向盘底下抽出来，然而在最后一秒，卡车突然转向了左边，伴随着刺耳的摩擦声。他的车仿佛成了一个被扔进来的椰子。他唯一能做的就是等着被撞。漫长的几秒钟过去了。已经有三十辆车勉强从他旁边开过去了。有一辆车在转向的时候斜着撞到了后备厢，他的福特车被撞得移了位，斜待在车道上，成了一个更明显的目标。一辆厢式货车碰擦了车后的保险杠，硬是把车拖成与车道垂直的状态。第三辆车撞到了左前方的挡泥板。到处是金属的破裂声，碎玻璃的撒落声，还有其他的撞击声。又有什么东西快速地撞到了车尾。一阵混乱的移动。当车子被其他什么东西拖着移动时，安全带紧紧勒住了他。抬头一看，福特车已经完全掉了个头，现在正面对着汹涌而来的车流。

他解开保险带，爬到后座上。又一阵“哐啷哐啷”的碰撞，整个前排座椅都被碾成铁饼了。他的四周已经完全坍塌，像是辆被遗弃的破车。又一辆车堆到撞他的那辆车上，接着又一辆，一直到沃克在这场车辆叠加带来的缓冲作用下保全了性命。汽油从破裂的油管里喷出来，到处都是汽油的味道。

现在大家开始意识到发生了碰撞事故，所有的车都停了下来。沃克没有动弹的余地，但不可置信的是他没有受伤。他从裂成蜘蛛网状的玻璃窗里看到有条油管像蛇一样盘在车附近。车门被卡住了，他一脚踢碎玻璃，从车窗里爬了出去，警笛的尖叫声已经逼近了。

有四五辆车撞在了一起。一个年轻的女人自己从毁掉的车子里爬了出来。她和沃克一起查看了其他车上的人。有两个被困在了残破的车里，不过虽然他们因为受惊而大叫，但都没事，都没事。

警察来了。没人确切地知道究竟发生了什么事。大家在说有一辆车坏了，失速停了下来。沃克也加入进来，解释说自己减速是为了避免和前面一辆停在高速公路中间的车相撞。

巡逻车和救护车也相继到了。车顶的蓝光无情地扫过地上的残骸。沃克从后座拿出自己的包，一瘸一拐地走向救护车——没有理会身边的担架。救护车已经准备从路肩上出发了。

在医院里，之前将这场事故的幸存者紧密联系在一起的团结感被等待、催促治疗疼痛和伤口的吵嚷瓦解了。警察和医院的工作人员开始逐一调查谁驾驶哪辆汽车，以便查清事故是如何发生的。沃克知道自己无法解释自己是怎么弄到那辆车的，于是趁着现场的忙乱往厕所的方向走。一脱离警察的视线，他就冲向另一条走道，消失在了迷宫一样的病房和专家门诊区。那是个大型医院，当他出现在带有柠檬香味的荧光屏下时，眼前是一条林荫道，和救护车来时拥挤的前院形成鲜明的对比。

他来到阿提卡本来就是个意外，现在就更是想要尽快离开了。他拦了辆出租车直奔巴士总站。去老鹰城的车已经开走了，于是他买了张去奥德萨的车票。他已经累得连走到自己的座位都很困难了。出城需要好几个小时才能走完那些纠缠不清的高速公路。不过没有关系，巴士一出站他就睡着了。

他被司机摇醒了："我们到了，兄弟。"

"到哪儿了？"沃克睡得太死，他花了好几分钟才想起来自己是在长途客车上。他的膝盖很痛，记忆、梦境、思想都开始渐渐恢复。

"奥德萨。"司机说。

“现在是什么时间?”

“是该吃早餐的时候了，兄弟。你看起来很需要吃点东西。”

沃克跟在司机后面一瘸一拐地走过通道，下车步入蔚蓝的清晨，饥肠辘辘。他走进一家餐馆的卫生间，把头放在水龙头下冲洗。当他抬起头时，他的脸已经在镜子里等着了。

他点了咖啡、麦片、薄煎饼、鸡蛋和更多的咖啡。吧台隔几个位子上坐着一个红光满面的家伙，吃着一份跟他差不多分量的早餐。他嘴里嚼着食物，冲沃克点点头。

“吃得不少啊，是吧?”

沃克也点了点头，举着叉子示意自己的嘴里塞满了东西无法说话。

“刚下车?”

“是，从阿提卡来。”

“要去哪儿?”

“老鹰城。你知道去那儿的巴士吗?”

“今天下午晚一点会有一班车。以前早上也有一班，不过现在停运了。”

他们继续吃，又加点了咖啡。这家伙名叫雷，要去克朗威尔。在奥德萨有些事情要先处理，他说，不过沃克可以跟他一起走，因为克朗威尔在去老鹰城的半路上。他很容易就可以在那儿搭乘火车或巴士去老鹰城。沃克立刻答应了，他们握了握手，仿佛达成了某项协议一样。

一个小时之后他们就坐在雷的皮卡的前排座位上了，正往城外开。刚开始的二十英里，他们一直聊天，接着陷入轻松的沉默，偶尔会被其中一个人打断，说“看”，并指着前面倒在路上的一团黑乎乎的秃鹫，或是快速穿过马路的兔子。他们刚刚开了两个小时，这时雷从短波通信设备上接到一个电话，让他赶去新贝德福德，北面一百英里处，去接一箱备胎。事情紧急。他们简短地争了几句，然后雷挂断了电话。

“妈的。”

“没关系，”沃克说，“我可以搭别人的车。”那儿的车不多，不过只要有人经过就会捎上他。

“我有个更好的主意。”雷说。

他们继续向前开了十分钟，然后拐到一条崎岖不平的小路上，比山间小道还要隐蔽些，是那种适合弃尸的地方。开了几英里后，车停下来，他们都走到车外。

天空温暖、蔚蓝，只有一阵微风吹过。雷指着远处说："一直朝南走，按我手指的方向。一个小时，或一个半小时后，你就会走到火车铁轨那里。我很想亲自带你过去，但路面太不平整，我的皮卡受不了。沿着铁轨向西走，你会看到铁轨随着地面在升高。大约半个小时后，铁轨的高度足以让火车减速。你可以趁机跳上去，不会有问题的。那是条繁忙的运输线。任何一辆向西的火车都会经过老鹰城。"

沃克点点头，往那个方向张望着。雷走到皮卡的后备厢，递给他一加仑的水、一瓶百事可乐、面包、水果、饼干。沃克把除了水之外的东西全都塞进他的帆布包里，并把包背在了肩上。他被雷这高效率的关心感动了，当他们握手告别时，他觉得自己是在跟一个认识了十年的老朋友说再见。

"别忘了，"雷一边上车一边说，"笔直朝南走。即使走偏了一点也没关系——只不过是多走点路或少走点路的事。"

说完这些，他点着引擎，将皮卡掉了个头，沿着小路颠簸着开走了，把沃克留在了尘土飞扬的空地上。

走了半个小时后，景色变得丰富起来，很多野生植物被蝴蝶们扯来扯去。他走过齐膝高的野草和一片密集的草莓地，汁水都沾到他鞋上了。水牛状的云朵在天空中漫步。接着，他看到远处波光粼粼，是铁轨，他笑着加快了脚步。

当他走到铁轨边时，他回头看了看自己在草地上留下的乱七八糟的痕迹，然后沿着铁轨往西走，坡度变得越来越陡。几英里后，他到达了雷所说的位置，躺在地上等火车过来。他被长途跋涉和炎热的天气搞得昏昏欲睡，于是用衬衫遮住脸，打起盹来。

醒来后，他灌了几口水，把最后一点路上摘的草莓全吃光了。光线柔和起来，他的影子沿着铁轨被拉得长长的。地平线上呈现出三只鹅的形状：所有事物都被拉向了远方。

等待。

当铁轨响起来的时候，太阳都快落山了。响声越来越大，很快他就能看见一辆火车慢慢地朝他开过来。

这列火车的车身特别长，火车头开过去三分钟了还没有看到车厢。接着，他看到一节敞开的车厢靠近了，他跟着跑起来，把包扔了进去。火车的长度让它的速度具有欺骗性。他不得不全速奔跑才能跟上那节车厢，当他跳起来准备爬上去的时候，因用力过猛，手臂和脚都不听使唤了。他挂在车厢上荡了好一会儿才把自己弄进去。

一旦越过那个斜坡，火车的速度就越来越快了。贴着车厢门，他可以看到长长的铁路线沿着两个方向曼延，因为铁轨开始略微向南延伸了。大部分时候他都躺在动荡的车厢地板上，头枕着帆布包，看着在地平线上燃烧的太阳和被映照得火红的大地。有一会儿，天空布满了紫色的条纹，然后蓝天被夜色代替，第一颗星亮了起来。

那是个暖和的夜晚。他小口地喝着水，啃着厚面包片，想着如果还剩点草莓就好了。然后火车有节奏的运动又让他坠入了梦乡。他梦见蕾切尔在做着平常的事情，一些他从来没见过她做的事情：刷牙，决定要穿哪件衣服，看书，洗完澡后擦干身体。他梦见她睡着了，并且梦见了他。

半夜醒来后，他非常不舒服，因为地板太硬的缘故。他看着外面繁星点缀的夜空，直到“咔嗒咔嗒”的车轮声再次让他昏昏欲睡。

第十章

清晨，火车驶过一片安静的麦田。当阳光晒到车顶，从敞开的车门照进来时，沃克挪到车厢后面的阴凉处。从那儿往外看去，金黄的田地和蔚蓝的天空镶在黑色的车门里，那景色就像电影屏幕上放映的一望无际的大草原。

然后，渐渐地，那样的景致开始缩小。出现了房屋、公路，远处还有工厂。傍晚时分，火车已经到了老鹰城的郊外。由于货运量的增加，可以看到好几条铁轨像宽阔的河流向着远方延伸。

沃克的火车尖叫着驶过道岔，跟别的火车并行了一段，接着再次分开。铁轨外侧真有一条河。一座桥沉甸甸地蹲在远处。吊车、仓库、水塔和徘徊的云朵。褪了色的限速警告牌已经不再管用。旧的库存品以前被私藏起来备用的，现在就被扔在铁轨侧线任其生锈。一个废弃的信号室的窗户全都破了。到处是海鸥的粪便，连天空看上去都是破旧的。

火车的速度慢下来了，简直就像在爬行。沃克跳下来等着火车过去，他觉得市中心应该在另一边，远离河的方向。不远处，一群穿着橙色围裙的工人正穿过铁路，肩上背着铁锹和盛物筐。

火车开走后，沃克横穿铁路，钻过停在那里的巨大的火车皮，抢在要出发的火车前头。火车站的那头露出了繁忙都市的办公区，玻璃摩天大楼高耸着。

铁路旁边是个停车场，四周拦有高高的篱笆。沃克等在岗亭后面，看附近没人了就把包扔过篱笆，自己抱着篱笆往上爬，在他体重的作用下，篱笆都弯得往里凹了。他翻到另一边，走出停车场，进到城里。

老鹰城是作为一个交通交会点和老鹰河的小港口而发展起来的；随着铁路的修建，它很快成为那一片的商业中心，现在已经是草原边的一座大都市了，正经历着大萧条。沃克花了两天的时间打听马洛里或卡佛的下落，但毫无所得。他失去了那两个人的行踪。这意味着他自己也迷失了。他想到离开，去几百英里外的迪斯伯德，但又不确信能不能像以前那样推断：如果他想离开，那么有可能马洛里也同样这样想。另外，他在那里又能发现什么呢？坐在一幢废楼的台阶上，喝着瓶装的牛奶，他抬头看到对面墙上贴着一张破烂的西部牛仔海报。在电影里，牛仔会说某个痕迹变淡了，可他无法知道是痕迹变淡了，还是根本就是冻结了。除了故意留下的痕迹之外还有什么线索呢？还有什么可以引导他的呢？

他把空的牛奶瓶扔进垃圾箱，继续往前走。在刚开始着手寻找马洛里时，他放弃了猜测蕾切尔让他做的事情的真正意图何在，而是将注意力放在了那些最细小的事情上，那些自以为是的足迹上。他没有想过它们最终会带来什么，因为这个问题击垮了他，让他所做的努力相形见绌，而且无用、荒唐——随便怎么说都行。现在他头一次开始仔细考虑这次寻找所包含的更大目的，比如说放弃，扔下不管。然后呢？扔下一件事情很容易，但扔下之后你要做什么呢？要做别的事情。不可能从一件事里抽身之后不进入另一件事……蕾切尔要他做的事情。也许一切就是那么简单。他已经离开过了，所以他可以回去。经历的所有这些狗屁事情只是为了能上她。就像他在监狱里听过的一个故事，用尽无关紧要的日子。

他来到一个网状的水汽弥漫的街道，这里挤满了咖啡馆、酒吧和俱乐部。他走过一个俱乐部，一种新音乐正被大声演奏。一个酒瓶被砸碎在他面前几码远的地方。一阵大笑，然后一个声音喊道："对不起，伙计，只是个意外。"沃克抬起头，看到二楼的阳台上，一个家伙手揽着咯咯笑的女人，这一对胖得让人觉得下一个要掉下来的就是阳台了。"接住这瓶满的，算是我的道歉。"胖子说着扔下一瓶啤酒。沃克接住，打开瓶盖喝了一大口，举着瓶子向他们表示感谢。他笑着继续走，很高兴自己接住了瓶子，阳台上那对胖子的笑声还在他耳边回荡。

俱乐部门口传来"咚咚"的重击声，不同种类的音乐不协调地混在一起演奏。街道上随处可见呕吐物、玻璃碴，甚至，沃克反感地意识到有一串血淋淋的牙齿。一个醉汉跌跌撞撞地朝他走来，脸在闪烁的灯光下一会儿发黄，一会儿发蓝。他把手放到了沃克的衣领上。沃克把他推开，但他扁扁的嘴已经在说话了："他在迪斯伯德。你在那儿会找到他。他在等你。"

对面街上的一个家伙从酒吧的玻璃窗里冲了出来。成千上万的玻璃——载着周围场景的碎片——像冰雹一样落到趴在人行道上的人影上，四周全是血。醉汉放开沃克，消失在醉醺醺的人群中。沃克四处张望，看不到他的身影。酒吧里传出一阵欢呼声，接着一阵沉默，行人都站到一边去，因为地上那家伙摇摇晃晃地站起来了。他晃得厉害，盯着酒吧里看，直到从窗户里又扔出一把高脚凳，把他砸回到那堆玻璃碴上。酒吧里又是一阵欢呼。这次他没有力气站起来了，只能用手和膝盖爬着离开窗户。又一把高脚凳被扔了出来，接着是椅子、玻璃碴和更多的高脚凳，以及那扇窗户剩下的玻璃碎片。那个男人被这样的攻击打垮了，躺在地上不动，一只胳膊护着脑袋，旁边全是被砸坏的家具。酒吧里一个短小精悍的男人从玻璃窗框里走出来，站在他面前数数—— 一，二，——这样一直数到十才挥着胳膊宣布这场搏击结束，然后从玻璃窗框里走回酒吧。街道和酒吧四周响起一阵喧哗、喝彩和掌声，直到人们散开。

沃克继续往前走，脑海里不断回想着那个醉汉说的话。人群渐渐稀少起来。他来到河边，看着对岸破败的建筑群。被烧毁的塔楼的大梁和柱子在落日的映照下格外显眼。摩天大楼实际上暗示着，正是这些光秃秃的钢筋骨架代表着最终的繁华理想：这就是它们想要呈现出的样子。

河水在阳光的照射下显出红色的斑点，沃克正沿着拉船道走。再往前路被封住了，他进入了拉丁街区。好几条晾衣绳系在狭窄的阳台上，鸟儿的剪影被天空的红色镶了边。沃克满脑子都是那个突然出现的醉汉的事，根本没注意自己在哪里。他曾被提醒过晚上在这个地区的一些地方需要小心，不禁开始紧张起来。一对穿着破牛仔裤和机车夹克的年轻人出现在旁边的角落里，经过时他冲他们点了点头。

顶层的窗户还闪着炉火般的光，但窄窄的街道上已经黑了。沃克瞟了下四周，觉得在他后面的阴影里有个人影在动。当他再看时却什么都没有。附近有狗在叫。身后一辆汽车的大灯照亮了街道，他的影子跑到了右边楼房的墙上。他转进一条单行道，停在了阴影里。那车在“禁止入内”的牌子前减速，然后往沃克所在街道的垂直方向开去。

他走了几个街区，路过一个杂货店——现在已经关门了——店名他之前见过。如果他没搞错，那么卡纳尔大街——在这个区的边界上——只有五分钟的路程，可是他不确定要从哪个方向走。马路上，一辆车慢下来让他先行。他做了个“谢谢”的动作，从人行道上走了过去，想透过黑乎乎的玻璃窗看看司机。之前那辆车转过拐角跟在他后面。他跑过马路，迅速走到下一条马路的右边。一走出那辆车的视线范围，他就开始全力奔跑。跑了约三十码，他希望那车拐过来时自己已经不在那儿了。当车灯扫过墙壁，照亮街道时，他恢复了步行。前面又是条单行道。他尽可能快地走，到街角时轻松地发现车没有跟过来。可是为了避开那辆车，他已经完全失去了方向，甚至不知道现在所在的街道叫什么名字。这地方偏僻得很：没有车，没有商店，也没有行人。他怀疑那个开车的人是不是故意把他引到这里，好在下一个路口拦截他。他前后看了一下，然后转身跑回十字路口。

就在他快到的时候，街道又被身后雪白的车灯照亮了。他听到汽车加速的声音，于是不再隐瞒他的紧迫了，开始全力奔向十字路口。他跑到另一个单行道，上面写着“禁止通行——道路施工”，这次那辆车跟着他开了进来。这条街道非常狭窄，没有人行道，宽度只够开一辆车。跑了三十码后，他发现在自己和施工点之间没有其他的路可走了。

他被困住了。他停止奔跑，急促地呼吸着。那车也停下了。高空中大楼间的缝隙里有一座发光的天桥。他听得到身后汽车加速的声音。前方，闪烁的黄色灯光和黑黄相间的围栏表明那儿的路被挖开了。他又开始跑起来，心里知道自己跑不了那么远。那车加速得更厉害了。满街道都是橡胶尖锐的摩擦声和汽车加速的轰鸣声，那车正冲向他。离施工点还有一百码，他停下来，转过身，开始朝着逼近的汽车笔直跑过去，直奔雪白的大灯。

那车就是一堵灯光和噪声之墙。他必须等到最后那一刻，直到要撞上挡风玻璃的前半秒钟——

“——跳！”

这个字从他的嗓子里吼出来。他竭尽全力跳了起来，强迫自己跳得更高些，两只脚勾起来，引擎盖从他下面冲了过去，挡风玻璃现在跟他跃起的高度差不多，车顶在他脚下，但稍微擦碰了一下，他失去了平衡，沿着车后备厢滚了下来。

他重重地掉到地面，手腕被震坏了，手掌和膝盖都肿了起来——但他成功了，成功了。一气呵成。他抬头看到刹车灯在发着红光，车子从一边的墙上弹到了另一边，所到之处都在冒着火花，接着车子又撞向施工点的障碍物和警示灯。故障灯全都亮了起来，一只轮胎在半空中打着转，那车和街道看上去都像是被地雷给炸毁了一样。

沃克不受控制地发抖，膝盖传来一阵阵的疼痛，被划破了，手掌在流血。他有股冲动，想坐在大街上让别人帮他包扎伤口。站起来比刚才那一跳还要费劲，他已经没有力气了。他强迫自己赶快走到路口然后左拐，按原路返回。直到离那辆车有几条街远时他才放慢了脚步。他抖得太厉害了，不得不停下来休息了几分钟，而现在随着恐慌的消退，他惊讶地发现很容易就走回了卡纳尔大街。他在那儿上了出租车，跟司机说了酒店的名字，然后紧紧抱住自己以抑制身体的抖动，坚持撑过这段路程。

看到他撕碎的裤子、流血的手和面如死灰的脸，酒店前台服务生问他是不是出事故了。

“也不是。”他说，斜靠在电梯按钮上。

“需要急救箱吗?”

“你能帮我拿上来吗?”

“好的，先生。”

回到房间后，他脱掉衬衫和鞋子，准备洗个澡。他的裤子和膝盖粘在了一起，膝盖肿得老高，伤得很重。他让自己在伤口遇水的刺痛里放松下来，先把它浸湿再全部放到水里。有人在敲门——那个服务生——沃克叫他把急救箱放床上就可以了，一切都好，谢谢。

享受着热水浸泡四肢带来的舒适感，虽然身上有淤青，但并没有大碍，他一遍又一遍地回想先前的场景：那车跟踪他，雪亮的汽车大灯，挡风玻璃反射的亮光，车顶在他脚下滑过，他几乎要完美地跃过去了，可是车顶撞到了他的脚趾，就像跨栏运动员触到栏架一样，于是摔倒在路上，紧接着是筋疲力尽和一片噪声。不可思议的是他如此轻易地逃脱了：沙石擦破了手掌，膝盖撞破了——但没什么，没什么大关系……

是卡佛在那辆车上，对此他很肯定。他从水里伸出一只手，碰了碰蕾切尔送的项链。他笑了起来，想到了凯利站在一片废墟中，身上除了脖子上的那块宝石和摧毁不了的短裤之外什么都没有。他有些得意，一部分是因为他还活着这个小小的事实，一部分是因为卡佛的再次出现，这既让他安心又让他有威胁感。这意味着他还在路途上，在既定的路线中。

他走出浴缸去拿毛巾，然后爬到床上，小心翼翼地放平膝盖。

明天，第一件事就是去迪斯伯德。

第十一章

他中午到达迪斯伯德，膝盖在狭窄的车厢里变得僵硬，一碰就疼。这儿显然是个破旧乏味的小镇，没有任何吸引人之处——这也是让人百思不得其解的地方，因为马洛里不仅到过这里，而且在这儿待的时间比任何其他地方都长。即使对最热衷旅游的人来说，这儿也没什么值得逗留的，但几乎沃克问过的每个人都对马洛里有印象。令沃克有点困惑的是，大家都认为马洛里可能只是出城了，他们肯定他就在附近——仿佛他只是外出吃顿饭，很快就会回来似的。离马洛里如此之近本应当让他兴奋的，可沃克奇怪地感到泄气，好像根本不在乎一样。

每天晚上，他都在汽车站的餐厅吃饭，然后回到他的汽车旅馆房间看电视。有一天晚上，酒吧里一个在吃排骨的家伙建议他去城东的酒店公寓找找——据他最后听说，马洛里住在那儿。沃克决定第二天早上就去，可到了第二天早晨，他又无法面对要横跨整个城镇的长途跋涉，以那并不怎么明显的膝盖痛为借口。那一周的晚些时候，当他终于去了之后，那里却没有人听说过一个叫马洛里的家伙。他在迪斯伯德又待了几天，然后觉得再在这儿花时间没有意义了：马洛里已经离开了，他确信。明天他也会离开。

可是第二天他发现自己并不急着离开，于是又晃荡掉一天。到了晚上他对自己又浪费了一天感到非常生气，下决心第二天早上的第一件事情就是离开这里。第二天他又四处闲逛，直到晚上——之后的每天都是如此——痛下决心要离开。喝了几杯之后，他的决定总是非常正确的；所以这么多时间就这样被挥霍掉实在让人难以置信。离开这里为什么这么困难？他要做的无非是收拾东西去车站。没有比这个更容易的了。明天他就会走。想动身离开的想法太强烈，以致他失眠了。他的想法在房间里漫步，仿佛在密谋什么疯狂的计划来弥补在迪斯伯德浪费掉的时间。几个小时之后他才睡着，等他醒来的时候巴士已经开走了。每天晚上他都下定决心，而每天早上都精力不济。有几次他醒得很早，看看表，想着如果现在起来就可以赶上巴士，但每次都觉得好困，他被头天晚上的脑力劳动折磨得筋疲力尽，以至于无法起床走进那灰蒙蒙、冷飕飕的早晨。于是他翻个身，爱上了那暖和的床，继续睡，直到太阳升上了正午的天空。

他起床时的满足感到了下午就会变成失望，而到了晚上则成了疯狂的焦躁。情况变得越来越糟：晚上越想走，早上就越懒得动弹。

随着时间的推移，即使是日常生活中最基本的活儿都变得繁重起来。时间越多他越什么都不干。开始几天他还做些锻炼，但很快，他一想到做仰卧起坐就觉得累。他渐渐失去时间概念，不再换床单，也不再洗衣服。他一度靠水果和饼干以及在餐厅的那顿早餐为生，现在更放弃了水果，就饼干和早餐对付着吃。由于成天嚼饼干，他觉得刷牙变得没什么意义了。反正五分钟后他又要吃饼干，干吗要费那个劲刷牙呢？刮胡子也是如此：每天都刮一次胡子有什么意义呢？有些时候他一上午都躺在床上，想着如果有爱好该有多好，每天都有目标，知道要如何努力。但同时他很高兴这样无所事事：就连去趟商店他都觉得麻烦。有时候他在房间里一坐就是一个小时，想去厕所却无法让自己从椅子上挪开，走进那阴暗的浴室。他下午要睡一觉——好好地睡一觉，他决定，那是一天最好的时候。他喜欢睡醒了——有那么一会儿——不知道自己身在何处，不知道自己是谁，那种感觉。然后他的大脑渐渐关闭，虽然还是喜欢睡觉的感觉，但他慢慢能感受到夜里轰隆隆逼近的将会是可以忍受的绝望。

每天，太阳升上蓝蓝的天空，然后黑夜降临，直到第二天太阳再次升上天空。沃克很少想到马洛里，一直想着要找到他似乎是在浪费时间和精力，而他并没有那么多精力。另外，某个下午他在翻东西时，发现那份要马洛里签字的文件被弄丢了。他也不在乎。卡佛呢？自己也许会在城里某个酒吧碰上他。他们会一起喝酒，打台球，互相臭骂之类的。

偶然间，他拿起那台小录音机，听听以前录的声音，于是汽车旅馆的房间充斥着其他地方的轻微噪声。好几次他打开机器，觉得值得记录一下目前的状况，可不知道要说些什么好，他嘟哝着“去他妈的”，然后关掉机器。他就地躺下，拿出蕾切尔的照片。在监狱时他就这样打发时间，盯着女人的图像看，直到被欲望折磨到麻木。他看着她的头发、眼睛。拿出电话拨她的号码。电话没有人接。响了八下后，铃声都变得沮丧了。以防她刚进门，他又让铃声响了十下，希望当她回去时能看出他打过电话了，家具和墙壁能保留他的信息。然后他就那样让电话继续响着，听筒像手枪一样对着他的脑袋，他把她的照片拿在手里。

最后即使是有些醉了，夜里想要离开的想法也开始逐渐消失——奇怪的是，正是这样的情况促使他要离开：常识告诉他，如果再继续待下去他就永远不会走了。他知道自己明天必须走。这是他最后的机会。那晚他又失眠了，满脑子都是让他遗憾的事情：女人、工作、家，所有他该做而没有去做的事情。他醒得很早，太阳刚露脸，还没消除掉窗外的寒气。巴士会在三十分钟内到车站。一切都和他希望的一样，只除了一点——他不想离开了。并不是他没有离开的想法了；不，实际上他想要留下来，这是他想要的。他喜欢这儿，这儿并没有那么糟。

到中午的时候，他又被绝望折磨，于是那天晚上他早早地就去了酒吧。他坐在一个在迪斯伯德住了十五年的家伙旁边。他只是刚刚经过，但渐渐地与这个地方也建立起了某种联系。还有很多比这儿更糟的地方。

沃克点了两瓶啤酒，和那个家伙一起碰杯。看着这个人，他明白了无论多么不幸的婚姻都能坚持十年，明白了人们是如何在截肢手术后和慢性病中苟延残喘的。他想冲回自己的房间，收拾东西，然后马上离开这里。还没等他想完，他就意识到自己有多可笑。已经有好几周的时间被他这样浪费掉了。这个地方就是这样，不可能给你惊喜：让你总是在想要做一件事情却还没去做时，就立刻冒出一个不去做的理由。他的思考被那个老男人推了下胳膊的动作打断了。

“可以再来一瓶了。”他说。沃克看着这个老男人，从他的眼睛里看得见自己的倒影。他摇摇头，大口喝完剩下的酒，离开了。

他需要回房间收拾东西，但几乎有点害怕把脚伸进那个房间。他迅速地把自己的东西集中到一起，但即使在那么短的时间内，他也能感觉到躺下睡一觉的诱惑。在冰冷的室外过夜有什么意义？他可以待在这里——不睡觉，只是坐着等到天亮。把这个想法赶出脑海后，他走到浴室把最后一点东西收拾起来。他瞥见镜子里胡子拉碴的脸，一拳把镜子击碎了，手里握着块碎片，直到疼痛驱走了他的困意。

他走到外面，抬头看看一望无际的天空，星星每个晚上都挂在同一个地方。他站在车站里，寒意已经渗入骨头了。有几个人从餐馆里出来，但过了一会儿就什么动静也没有了，除了大楼和天空，整个城市就像沙漠一样。他蹲在人行道上，但那样太冷，于是他整个晚上都站着，累得不能动，冷得不能睡。

过了好久天才开始亮起来。先是黑暗渐渐散去，然后天色转灰，周围事物的轮廓开始清晰起来。树木出现在淡蓝色的光线下。天气没有变得暖和，但白天终于还是到了。餐厅开门了，他想应该进去喝一杯咖啡——不过马上就把这个念头赶走了。

最终他听到巴士轰隆隆地进了站，车尾扬起一缕灰尘。四个人下了车。他是唯一一个等着上车的人。当他要求买一张随便去哪儿的票时，司机惊讶地看着他。

“那就是巴德阿克斯。”

“很好。”

沃克走到车尾。车上有几个乘客—— 一对背包客，一个上了年纪的墨西哥女人，一个拄着拐杖的男人。他在后排椅子上躺下，阳光从一侧的玻璃窗斜照进来。他想睡觉，可也想尽情欣赏一下城市风光，毕竟没怎么看过。大部分的建筑都是扁平的浅褐色，只是在商店霓虹灯招牌的点缀下显得有些活力，不过那些招牌在逐渐强烈的阳光下也是苍白一片。他被这个城市的扩张规模吓了一跳，那么多房子每年一点点地向荒漠进军。他不敢相信自己在这里待了那么久——多久？那根本就不重要了——不管多久，幸运的是马上就要结束了。每件事最终都走向幸运。这场寻找是一种幸运，一个幸运测试——而幸运是个性的测试。你可以根据自己的幸运程度来作自我评定。幸运就是一切。当巴士开过一栋在建的办公大楼时，他轻松地舒了口气，篱笆所用的木材是抗腐蚀的。

第十二章

沃克在巴德阿克斯的车站洗手间里刮了胡子，清洁了牙齿。他觉得自己的行动有些迟缓，反应变慢了，不过在迪斯伯德时几乎要将他吞没的倦怠消失了，他重新开始考虑寻找马洛里的事，急着想要弥补自己之前浪费掉的时间。在咨询处的时候，“荷瑞森”这个词突然闯进他的脑海——不知打哪儿来的，无缘无故。种子被风吹走，落到哪里就在哪里生根发芽。也许词汇和想法也像种子一样：它们就在空中，无意间落到你头上了。虽然觉得很蠢，他还是问了柜台上的女人，附近有没有一个叫荷瑞森的地方。

“二十分钟后有巴士到那儿。”她说，既不觉得惊讶，也没有笑容。

他买票时在心里对自己说，这个决定是基于直觉和预感作出的，但其实他知道这不是真的。直觉是思维的一种本能反应，而这实际上是一时冲动之举，他等不及要再次行动起来。

到了之后，他觉得这不是座城市，而只是城市里的一座建筑物。接着，当他开始了解这地方的规模时，他才意识到这里虽然没有马路或街道，但走廊和过道充当了街道，巨大的舞池成了停车场，无数的房间代替了一栋栋的房子。到处都能看到窗户，但透过所有的窗户往外看去，除了脚下好几码处的潮湿前院之外，就是这个建筑物——这个城市——的墙壁和其他的窗户。他推开门，看到的是更多的房间。有时候是那种天花板很高的超大的房间，除了一张黑色的桌子和几把椅子、几盏枝形吊灯之外，空荡荡的，什么也没有。有的房间很小，有扶手椅和壁炉。少数房间铺了地毯，大部分都是抛光的木地板，走上去会发出“咚咚”的回声。他停下来时觉得听到了其他的脚步声，但在那巨大的室内和弯曲的走廊上，他怀疑那些是自己脚步声的回音。他走进一个有着金色镶边镜子的房间，那面镜子很大，尺寸跟一幅战争场面或圣经场景的画卷差不多。镜子让这个房间大得深不可测，空空如也，除了自身反射的镜像之外，还有角落里他那瘦小的影像。他从那儿走进一个壁炉上挂着幅油画的房间。那是个宽敞的房间，跟他走过的其他房间都不一样。当他继续在这个城里行走时，他看到越来越多的画，全是室内画。每当他碰到一幅画，他都希望能是幅风景画，但从来都不是。他抑制住恐慌，不过渐渐地，被困在这个巨大建筑物里的感觉不断在警告他。通常情况下，你要么在广阔无边的地方迷失——沙漠或大海上，要么在封闭的空间被困住——牢房。在这儿，沃克被困在了牢笼里，同时也迷失在巨大的封闭空间里。他也许可以从窗户里爬出去，沿着紧贴墙壁的细细的排水管道爬出去，但也没用——那些管道只是通向前院的，那儿像是个露天的地牢。有时候他靠在玻璃窗上伸头向上看，能看见一小块透明的天空，不过大多数时候，他连这样的景色也看不到。这里只有一间接一间的房间。他可以随处走，但不论走到哪儿都不过是更多的房间。就像这间，空荡荡的房间里只有一张长长的会议桌和弱不禁风的黑色椅子。桌子上有一瓶红酒和玻璃杯具。这个房间的简约风格和大小让他觉得自己是来跟某个有权有势的官僚开会的。他倒了杯红酒，玻璃杯轻轻的丁零声被巨大的空间放大了好多倍。他端着那杯红酒来到亮处，看着红色的液体泛着海底火山岩浆一样的光泽。他拉出一把椅子坐下，浅酌一口酒。他无法想象会有这样的城市——或者建筑，或者不管这儿叫什么——能够存在这么久。即使假设这里是伦敦，他恐怕也已经走完了……走了多久？两天？他已经有两天没吃东西了——这里有水和酒，但到目前为止他还没有看到任何吃的东西——不过这样的前景与其说是让人害怕，不如说是令人沮丧。他唯一能做的就是继续走。他一时兴起，在要离开的时候拿起那瓶红酒往墙上砸去。想到能在这里搞破坏让他士气大振，几分钟后，他名字的首字母就被刻在了一张大橡木桌上。然后没有任何理由的，他又加上“滚开”两个字，写得歪歪扭扭，丑陋不堪。这种孩子气的破坏公物的行为令他非常开心。走出房间时，他两手插在口袋里，满脸笑容。因为喝了酒，他很快就觉得好困，于是躺到一张绣花沙发上。没有东西盖他就睡不着，他把一面窗帘扯下来盖在身上。

他不知道自己睡了多久。等他醒来的时候，窗户黑得像黑板一样，除此之外什么都没变。虽然如此，已经是晚上的事实让他更觉得自己被困在了这个城里。他起来重新开始这段旅程，走过无数的房间、楼梯和走廊。在一个大接待室里——这个词没什么意义，这里每个房间都是接待室——他发现了一本游客指南。里面有一半都是游客的姓名和签字，最后一个签字是马洛里的。他加上了自己的名字，然后继续走。

他离开荷瑞森就跟他来到这儿一样突然。打开一扇门——跟他在这里打开过的几百道门一模一样——他看到前方有一道斜坡通向户外。

他关上门向前走，享受着新鲜的空气和拂过两边树木的微风。半小时后，他来到一个火车站。火车马上就要开了，他差一点就赶不上了——他刚关上车门就听见鸣笛声，火车开动了。

他找到一节空车厢，但在下一站，车厢门被打开了，一个高个子的男人——瘦瘦的，三十多岁的样子，头发剪得跟军人一样短——坐在了他对面。一坐定他就拿出一副玳瑁眼镜戴上，开始阅读《汤姆·琼斯》，一本沃克很久以前读过一半的书，他几乎忘记是讲什么的了——汤姆在寻找走失的哥哥还是妈妈，或是恋人。在任何情况下，不论他要找的是谁，其实都只是给自己的冒险找一个借口。

看着这个男人如此忘我地沉浸在小说里，沃克意识到自己已经不再看书了。他会看海报、票据，以及报纸上零星的文章、涂鸦在巴士上的趣谈或时刻表、从火车车窗里瞥见的广告招牌，但他从来没有看过一本书。注意到沃克盯着自己手里的书，那个男人笑着说：“你看过？”

“不，没有。”沃克也笑着回答，感到有点尴尬，“不好意思，我只是随便看看。这书怎么样？”

“无聊得很。”那人笑起来，然后又接着看。

沃克坐好，合上眼，很快又睁开看窗外。常见的景色：云朵、树、田地、电线杆，有时是一段公路。他睡着了，梦见了从来没有过的记忆，关于蕾切尔的，她在泳池里游泳，从泳池走出来，微笑着，湿漉漉的头发在滴水。当她朝他走过来时，他低头看着湿脚印从蓝色的泳池向他这边延伸，很快就变成潮湿的斑点，然后消失得无影无踪。

第十三章

火车停下来了。那个读书的家伙不见了，车厢又空了出来。他看了眼车窗外，瞥见站名叫“独立”。他刚睡醒，路还走不稳，从行李架上取出包，走到了站台上。

车站很偏僻的样子。一个大钟显示现在的时间是四点十分。休息室静悄悄的，除了一个老人盯着地面之外没有其他人。某个颜料公司的巨幅广告牌上写着已经褪色的标语：“没有哪种颜色像黄色那么热爱太阳。”一个车站工作人员斜靠在二楼的窗户边，往下看着站台上一个坐在小手提箱上休息的女人。

沃克惊讶于这里的安静，沿着破旧的楼梯往外走。他遇到一个穿西装的男人，那人走了一半停在那里不动。沃克下楼梯走近时才发现那个男人的左脚实际上已经抬起来了，离楼梯一英寸的样子，仿佛他在赶火车的时候突然被冻住了。外面的售票大厅里，一个胖胖的黑人女子和两个孩子在买票。卖报纸的小贩在给一个戴着软毡帽的男人指路，那个男人用卷起的报纸重复小贩手指的方向。一位老人靠在自己的大扫帚上。

大街上的安静就更古怪了，表面上看，这是座繁忙的城市——除了一点：没有在动的东西。车到处都是——准备从路边启动，加速通过绿灯。一个高个子的男人正笨拙地伸着头往出租车里钻。从车站出来后，沃克抬头往第三大道的斜坡上看，一群人朝这个方向走来，但也一动不动，一寸距离都没有挪动过。他环顾四周，惊讶地发现这全是些日常行为的细节，不注意的话都不会察觉：硬币从指间落向乞讨者的塑料杯；一个工人弯腰在吃力地搬一袋水泥，另一个在往货车上运；两个男人在一起说笑，一个开心得准备拍膝盖，另一个笑得身子往后仰，嘴大张着，像被枪击了一样；一个女人对着一面小镜子在抹口红；一群人围着热狗摊子，撅着下巴防止酱汁流到衣服上，不过有的酱汁快滴到地上了；一个微笑的黑人小女孩在帮等红绿灯的车清洗挡风玻璃，雨刷像天线一样支棱着，引擎盖上全是肥皂泡。

沃克走在车辆之间，虽然这些车是静止不动的，但像被内在的速度感赋予了生命一样，像是漫画书里提到的一种看不见的运动能量，使照片上出现了轻微的重影。他凑近了仔细看，不过还是看不出这种感觉从哪里来。从人身上很容易看出来——从每个动作中，你都能感觉到腿上和手上的肌肉伸缩——但车不管是在动还是静止不动，看起来都一样。也许，因为车被设计出来的目的就在于动，所以速度感就成了车固有的特性。一辆在动的车就是车；一辆停着的车不是车，而是辆停在那里的车。因此，沃克认为，正是这种动感赋予了四周这些被冻住的车生命，尽管同时他对自己这番关于力量和速度的逻辑感到好笑。他从一辆出租车的后车窗往里面看，一个乘客靠在门上，另一个重重地靠在他身上，因为车拐弯的缘故。

像这样冻住之后，每个姿势都近乎完美，那是人们普通一天的生活片段——无论多么微不足道，都值得像对待伟大的艺术品一样看待。实际上不只如此，在这里，每个细微的生活瞬间都被揭示出来：那边一对情侣在拥抱；一个女人正在给花贩钱，她的手指几乎要碰到他的手掌了；人们微笑着说“请”或挥手打招呼说“你好”；有两个人撞到一起了，双方脸上都露出吃惊和抱歉的表情。

沃克不知道发生了什么事——这个城市让他想起了庞贝城，当岩浆覆盖古城时，那里的人们以一种防御的姿态被冻住了——但这里没有任何灾难的迹象：只是一切都静止了。不过，危险随处可见。一个女人正在抬脚上楼梯，一个骑自行车的人倾斜成了一道弧线——这样的动作需要很高的身体平衡技巧和判断力。马路边一个咖啡馆里的服务生在餐桌间穿梭时停了下来，一只手托着食物盘，但那种平衡好像随时会被打破。每个动作似乎都包含着潜在的危险。从马路边起步或弯腰系鞋带，这些动作会引发什么结果都不确定：任何事情的结局都是未知的。每个动作都在危险的悬崖边，任何时刻或行动都会把你带入无穷尽的边缘。

这种感觉在他又走过几个街区并来到杰克逊广场外的教堂时达到了极致。警察封锁了那一片区域，一大群人围在那儿，他们的视线都集中在头顶几码远的什么东西上。沃克走近后，看到许多围观者的脸上都是一副惊恐的表情。有的人转过身，用手遮住脸。尽管一片死寂，但受惊的喘息声弥漫了整个现场。他一靠近教堂就知道为什么了。一个男人从钟楼上跳了下来，钟楼上警察和消防员的手臂都往外伸着，想极力阻止他。这个绝望的人影在离地面只有六码远的时候被冻住了，差半秒就可能摔死。他的夹克衫高高鼓起，头发立着，眼镜因下落速度从脸上被扯下，悬空在脑袋上方一英寸处。一只手本能地伸出来想减缓下落的速度，想在落地时起到一定的缓冲作用，尽管这次落地也许永远也不会到来。沃克穿过受惊的人群，直接站到那个下落的人影下方，被自己所看到的景象吓呆了。想到时间也许会再次流动起来，害怕自己被砸到，他赶紧离开了教堂。

他茫然地在这座城里转悠着，半信半疑地猜想自己的行动可能在任何一个时刻停下来。不知道马洛里有没有来过这里，不知道自己会不会偶然碰到被冻住的他。也许他在所有东西停下来之前就经过了这里，那时候这儿就是个普通的城市，没有任何值得注意的地方。或者这儿像这样被冻住可能已经好长一段时间了——在一个没有时间的地方，这样的想法一点意义都没有——马洛里跟他一样经历了这些。

他扫了一眼钟，时间还是四点十分。那就是整座城市停下来的时间。知道这个对他来说也毫无用处，它可以是任何时间。当某个特定事件发生时——谋杀案或入室抢劫案——确定事件发生的时间通常是破案的一个关键步骤，但在这里什么都说明不了。时间是这个谜题的构成者，而不是解释者。

他来到一个街角餐厅，走进去。用瑙加海德人造革装饰的椅子上留有一片片阳光，玻璃窗将餐厅里面的景象与外面街道上车子的倒影模糊地混在一起。因为是正午时候，餐厅几乎是空的。吧台边一个客人独自坐着，在擦玻璃杯的吧台侍者盯着他看。有几个人坐在桌边各干各的事，其中一个人在看报纸。这个地方弥漫着深深的孤独感。窗户边，服务生正在给一位吃煎蛋饼的客人倒咖啡，那人举着刀叉好像在说“什么时候”。沃克给自己倒了杯咖啡，坐到那个吃煎蛋饼的人对面。他贴近看那个男人，刀叉拿在手里，正准备开吃。他看上去很绝望——带着无助的绝望。通常，一个有条不紊的男人独自进餐是件无关紧要的小事，在一系列正常的行为中不会被注意，但在这儿被保存下来的是一股凄凉感。

沃克离开餐厅后到处闲逛打发时间，被如此复杂而大量的静止动作给迷住了，四周安静得像在照片里一样。这里没有叙事性——或者说这儿是一种全新的叙事手法，一种超越时间而不是顺着时间叙事的方法。我们通常用因果关系、一件事接着一件事的方法来解释所发生的事件。在这里，一切都是同时发生的，这个城市里的每个动作、每个人都相互关联，这是唯一的解释。要么这里根本没有一致性这种东西存在，要么——其实都是一样的——这里只有一致性。

沃克突然觉得很累，他穿过马路来到大都会酒店。在那个繁忙却又安静的大厅里他拿了把顶楼房间的钥匙。房间的窗帘是合上的，在这种幽暗舒适的环境里，他感到很放松。冲了个澡后他就爬上床，躺在雪白的床单上。

他很有把握地觉得自己离马洛里越来越近了——但又好像比任何时候都更远。他完全没有办法知道。时间和距离不再有任何相关性；前者对后者来说毫无意义。也许马洛里一周之前，或一天之前，又或许几个月之前、一年之前来过这儿。他可能在一英里之外，也可能在几百英里、几千英里之外……也许这场寻找永远不会结束，他可能会一直在找马洛里，直到自己变成一个老头子，直到自己死掉。当老得走不动了，身无分文了，他只能沦落到去图书馆的档案室里查资料、找线索，被图书馆的工作人员容忍着，嘲笑着，也许还会劝说一位年轻的热心人继续他的工作，留下一堆精神错乱般的笔记，让下一代去完成他为之奉献一生的事业。

他想起那些一生都在寻找喜马拉雅雪人或尼斯湖水怪的人们。这些事件里最关键的一点就是它们仅存在于传闻中。你永远不可能得到证明它们存在的科学依据。那就是它们的目的：它们是个诱饵，是未知的喜马拉雅山脉的一个象征。一旦雪人被看见了，它可能就不存在了。雪人也许是西藏的一种生物，它的存在不断地被脚印、粪便这些东西所暗示——但无法得到证明……他游离于睡梦的边缘，思绪开始被梦境占据。时间和距离。水中的脚印。梦的痕迹……

第十四章

当他醒来时，床头的闹钟还是显示4:09。拉开窗帘后，他发现这个城市还沐浴在下午的阳光下。窗外一只飞翔的鸟儿被冻住了，羽毛被风吹得竖起来，翅膀拉出完美的弧度，鸟儿的眼睛里装的都是蓝天。他低头看下面的街道，仍然是静止的繁忙。

他在厨房里吃了点东西就离开酒店。周围什么都没有改变，但生物钟告诉他现在是早晨：街上仿佛全是充满活力的人们，开始了他们忙碌的一天。当他走在这群活的雕像中间时，忍不住再次对展现在面前的如此丰富的大量生活细节着了迷。他看到一个可乐罐静止在骑车的人和垃圾桶之间的半空中；马路对面，一个工人靠在风钻上，另一个工人一边看着他，一边扶正自己黄色的安全帽。

在商店橱窗前，沃克看见自己的倒影在一排排摄像器材上忽隐忽现。他想离开这个城市，继续前进，但不知道如何能做到。虽然到处都是车，但在这样交通瘫痪的情况中不可能开出去。

他继续往前走，直到碰到一个正准备往广告牌上锁自行车的家伙。沃克取出自行车，骑着它满城转悠。他穿过一个公园，那里的人们在慢跑、追球，或抬头看向蓝色飞盘时被冻住了。一只狗跳着要去叼球，树在等着有风吹过。公园的另一边还有一些人。沃克快速地向城郊骑去，那儿的老人们在巴士站等车，妈妈们推着婴儿车。他不去想自己要去哪里。动机和目的在他的体内消失了。他成了没有影子的人。

骑了一个小时之后，他还是没有看到任何动的东西——没有车，没有人。他越过一座桥，途中见到几座小山丘和一些修剪过的树。一个路牌上写着“新月城，25英里”。他开始感觉到一丝微风，几片云朵，一群鸟，几缕炊烟。一辆汽车咆哮着朝他开过来，经过时扬起一股尘烟。他看到一只狗在路边蹦蹦跳跳，摇着尾巴。几分钟后，他向路过的女人和小孩挥手，那孩子也笑着向他挥了挥手。他们的动作和身影——尤其是那孩子头上戴的有个小红球的帽子——惊人地令他感到熟悉，而且在他骑往新月城的路上，很多细小的风景也拨动着他的记忆之弦。

在那个城里，他不断地被那种似曾相识的感觉困扰着。尽管他以前从来没有到过这儿，可每一个街角和房子都沉浸在记忆深处。进面包房，买羊角面包，递过硬币，服务员笑着说“谢谢，再见”——每个动作都好像在重复以前发生过的场景。当寄宿公寓的前台接待生把他领到自己的房间时，门还没打开，他就大致知道房间是如何布置的：床摆在壁凹处；五斗橱上放着瓷壶和碗；百叶窗打开后，阳光照进阴暗的房间。在接下来的几天里，经常一个小细节就能带回一连串的回忆：看到两只鸟停在电线上，他想起以前也在这条街上散步，跟现在一样的黄昏时分，还有一对老夫妻蹒跚着向他走来。

还有就是这儿的很多房子阳台上都挂着风铃，到处都有隐隐约约的铃声。那是非常美妙的声音，让沃克感到吃惊的是，这些铃声竟然对自己有那么深的影响。微风像电话线一样将家家户户串起来，当微风吹过，风铃声就从街头响到街尾。

没有什么比这些铃声更让他有似曾相识的感觉了。每一声铃响并不是单纯的金属管碰撞发出的声音，而是将那一刻、那个声音的记忆无限延伸了。他把铃声录了下来，但录下来的声音听起来就像衣橱里衣架乱晃发出的噪声，完全没有保留住原有的和谐之音。

这些风铃让沃克着了迷，让他确信自己曾经来过这里，但不管他怎么努力去想——实际上越使劲想，这种感觉就变得越模糊——也搞不明白为什么会有这种感觉。他怀疑马洛里经过新月城的时候是不是也有同样的感觉。也许每个来过这里的人都会有同样的经历，似曾相识的感觉——连现在的推理都让他觉得好熟悉——就是这个城市著名的特点，就像威尼斯的河道，利奥妮娅的垃圾堆或是克里斯滕森的塔尖。虽然沃克跟随自己想法的能力正在逐步增强，不过还不是那么显著。

接着，当他走向一片空地时，他每走一步那个感觉就逐渐加强——不过无法得到验证——他以前来过这里，于是他开始想，是不是有什么方法可以把这种感觉利用起来。到目前为止，他一直在清醒地挖掘自己的记忆，他必须努力让这些潜在的记忆领着他往前走，告诉他下一步做什么。由于越是集中精力越难抓住感觉，他只能让大脑保持一片空白，停止主动的思考，而是在他漫步时放任思绪天马行空。问题是，那种似曾相识的感觉在这座城市里无处不在，随着时间的推移，他试图抓住的那点潜在记忆被前几天真实的记忆完全覆盖了。那些最强大、最深刻和最具启发意义的感觉都是最模糊的，也是非即时的。

他在城里乱转，在脑子里与当前的记忆作斗争，直到发现自己来到一栋老木头房子门前。房子被漆成了白色；百叶窗是打开的；风铃挂在阳台上，轻轻地晃动着。

他打开铁门的门栓，走了进去。一片布满落叶的草坪从花房延伸到花圃，花圃里除了修剪整齐的玫瑰丛之外什么都没有。花圃曾经是一块不平整的地面，一个头发花白的男人正抱起落叶往旁边的火堆里扔。沃克站在草坪中间看着他。他看上去走神了，停下手里的事情盯着火苗，用拇指和食指拽自己的右耳。细细的烟弥漫在空中。男人转身看了他一眼，犹豫了一下，又继续干自己的活。

沃克重复以前做过的动作，穿过暖房走进屋里。在一楼的房间，他听到留声机的吱啦声，是大提琴的曲子，一个女人和着音乐轻声地哼唱着，还有茶杯相碰撞发出的咯咯声。他上楼走进一间小书房。打印的纸张散落在地板上。他往窗外望去，看到一个老妇人将一盘茶水和点心碟端到花园中那张饱经风雨的桌子上。那个男人抬起头冲她笑。

窗户边是一张打开的拉盖书桌。一张旧明信片靠在桌边，明信片上是一个安静的广场，除了一座雕像和其影子之外空无一物。明信片的背面是他自己的笔迹，写着图片中城市的名字：艾姆利亚。

第十五章

他第二天就去了那里。那是个广场城市，四周是红色的塔楼和看不到尽头的拱廊。深黄色的墙壁，赭色的街道。他注意到了红色的塔楼和拱廊，但更让他在意的是物体之间的距离，这里物体间的空间似乎比实际上的大。这儿没有距离和方向感，只有城市的全景，深黄色的墙壁，赭色的街道。整个城市从任何一个方向看都是一样的——拱廊、广场、塔楼和长长的影子——但每看一眼感觉都不一样，有股陌生感。每当他拐过一个路口，呈现在面前的都是一幅全新但相同的景致：拱廊和塔楼。他在这儿只有一种感觉非常显著：一切都是刻意安排的。

水蓝色的天空正在变浅，接近地平线的地方则更绿了。在光线的作用下，墙壁成了琥珀色。广场的另一边是市政厅，正对面是一座沉默的钟楼。时间通过广场上棱角分明的阴影在流逝。他总是注意到影子，一开始是黑的像女孩的头发。即使是广场中心的一块石头，也有着一人身长的影子。影子从一面墙的边缘露了个脸，等他转过墙角想看看是什么东西的影子时，他的视线又被另一个影子所吸引，那是从下一个墙角外投射过来的。似乎总是有东西在他视线外的下一个墙角活动着。一切都发生在远处。这个城市就以这样的方式蛊惑着他。

在深黄色的两堵墙之间，他瞟到了大海。于是他往那个方向走去，却并没有接近海。空间将他吞噬了。阴影滑进了凉爽的拱廊里。前方是红色的塔楼，上面有旗子在随风飘扬。他拐过一个墙角，看到了海。宽阔的海面泛着乳白色的光，海水轻轻拍打着低处的墙角。海天相接处有面三角形的船帆，发着耀眼的白光。一根白色的拐杖靠在墙边。一尊雕塑遥望着大海。在海岸边有本书，书页在风中翻动着——可是那儿并没有风。所有的东西都是静止的，只有书页在翻动，像是有风吹过。他走近那本书，听到书页翻动的声音：这本书就像活的一样，仿佛是个什么生物，它的呼吸只够维持这样轻微的动作。

他从眼角的余光注意到一个影子出现在拱廊里。一个人影站在广场上，沃克几分钟前也站在同样的地方。他们相互对视，一方像是另一方的镜子，既没有表现出吃惊的样子，也没有显得慌张，然后他们各自走开了。天空比刚才更蓝了。光线不但没有变暗，反而更亮、更集中。城外是低矮肿胖的复活山群。

沃克走过一尊破损的雕像，然后在过拱廊的拱门时又看到了那个人影，就在他刚刚站立的海岸码头边。他们再一次停顿下来，惊讶感也久久挥之不去，然后两个人继续走，又都再回头看看。不久——时间和距离一样都很难判断——同样的场景再次发生：这次那个人影是站在破损的雕像边。

每当他们这样相遇时，心境都在发生变化，不知不觉中，他们实际上在围着这座城相互跟踪。那个人影似乎有着一样的想法，现在他正充满疑虑地看着沃克。沃克感到一阵强烈的不安，那个人影的一举一动马上令他有了紧迫感。沃克开始流汗。他有一股想跑的冲动，接着，他看到那个人影跑过广场不见了。

他继续在这个让人晕头转向的城市里走着，现在轻松不起来了。他环顾四周，看见那个人影也在看着自己。沃克跑出广场，走进一条黑乎乎的拱廊。当他回到阳光下时，那个人影像个剪影一样，正背对着沃克。他看看四周，马上跑开。于是就建立起了这样一种互相变换的模式：先是沃克要躲开那个会突然出现在他身后的人影，然后他惊奇地发现那个人影同样也在躲自己。

这种情况结束得跟开始一样莫名其妙。沃克自信可以超过那个人影，而当他们无意中撞见时，人影也显得不那么紧张了。当他们对彼此的惊慌消失后，这种相遇的频率也变低了，直到他们很少再碰到对方，即使碰到也是远远的，没有敌意，于是沃克继续满城溜达。

稍后，在一座雕像的石头手指上，他发现了一张卡片，卡片上正是他在走的广场。他把卡片放在口袋里继续往前走。一面旗帜在一座塔楼的顶部飘舞，远处一辆火车冒着蒸汽静静地驶进车站，一片云朵飘在火车的上方，仿佛一直在跟着火车跑。光线仍然处于傍晚和黑夜之间，太阳还没有完全落山，城市周围的景色渐渐隐入夜色当中。

沃克发现自己又来到了海岸边，海水碧绿清澈，雕塑平静地注视着大海，书还在那儿，拐杖靠在墙边。他捡起书翻看起来。虽然每一页都被海水溅得斑斑点点，但上面都写着他经过的那些城市名，按照他走访的顺序。艾姆利亚是这本书上的倒数第二个名字，最后一个城市，他唯一还没去的地方，名叫涅米西斯。名字旁边，他猜想是日期，写着4.9——年份被墨水渍弄得无法辨认：距离今天还有五天。

第十六章

涅米西斯是座中世纪古城，建在两座矮山上，一座巨大的教堂远近闻名，所以一年里至少有五个月，各地的游客蜂拥而至。沃克到达时是八月的最后一天，所有酒店和旅馆都住满了。经过一个上午的苦苦寻觅，他以高得离谱的价格找到了一个酒店房间。酒店建在山顶上，从那儿可以俯视大教堂，还有密密麻麻的红瓦屋顶。

漫步在这座城市，他确定这场寻找之旅会在这里结束。也许线索并不是在这里终结，但他已经不想再继续下去了。过去他总是能找到让自己前行的东西，或者说至少他有着强烈的冲动去前进。正是同样的逻辑——也是同样的无逻辑——把他带到了这里，他没有动力再前进的事实意味着线索就在此中断，在涅米西斯。有很多次，他都盼着能够结束这场搜寻，但现在眼看即将成为事实，他却忧伤地发现其中的意义适用于所有事情。蜜蜂在花瓣上盘旋，树木在风雨中摇摆，水从水龙头里流出……纵观他平凡无奇的生活，这场寻找充满着无数的可能性。在迪斯伯德时他几乎就要放弃了，在其他地方时他也不确定下一步该去哪儿，但这次不一样：这次没有其他地方要去了。他曾经循着自己编造出的线索在前进，现在已经没有东西可遵循了，也没有东西可编造了。没有什么要去发现了——或者说剩下要发现的东西会在这里被找到。

他坐在忙碌的广场中的一张弯弯的金属长凳上。来到这座城市的第二天，他在新月城发现的那张明信片的背后潦草地写下"伊比利亚"，寄给蕾切尔。沃克想象着自己回去后再看到这张卡片，想起他们第一次见面那晚她所说的话：梦见在一个花园里摘了一朵玫瑰花，醒来发现床上撒满了花瓣。

见沃克在封信封，一个小男孩跑过来提出替他寄。沃克给了他一些硬币，小男孩跑向广场的另一头。越过广场上散落的鸽群，沃克见他踮着脚将卡片塞进了黄色的信箱。

这时，坐在长凳另一头的男人起身离开了。沃克注意到那人之前坐的椅缝里夹着一个小册子，他拿起来随便看看，就像看麦片包装袋上的营养信息或特别成分之类的东西一样。那是封信，一个名叫马雷克的当地电影制作人写的。信里说他正在制作一部电影，是关于这个城市和来这里的人们的。这将会是种新型电影，全部由4月9日那天在这个城里的居民或游客所拍摄的照片、快照和录像组成，然后再由他将这各式各样的题材合成为“城市蒙太奇”。这件事能否成功，绝大部分依赖于人们的合作，他请求每一位那天在涅米西斯的游客将所拍的照片或录像的副本寄给他。当然他会偿付邮寄费的。这个项目得益于一些团体和个人的慷慨赞助，他们分别是……沃克跳过参与电影制作的人员名单，直接看到信的最后，那儿列举了他以前制作的电影，摘录了媒体的一些褒奖，最后是寄送材料的地址。

沃克看着那个日期：4月9日。他曾猜想艾姆利亚那本书上的日期是指9月4日，距离现在还有三天，但如果这个日期是按照美式写法，月份写在日期之前的话，那么书上的日期就是这部电影的制作日期。

他赶紧走进一个付费电话亭，心里隐隐期待着电话铃会响，就像一只狗在叫着警告他不要靠近一样。他拨打了马雷克的电话，电话占线。他等了一分钟，再拨。这次电话几乎马上就被接起来，正是电影制作人本人。沃克解释说自己是个记者，对马雷克的工作非常感兴趣，不知能否允许他进行一次采访。当电话那头一阵沉默时，沃克一口气说出一串自己供过稿的出版物，并提到正在写的一本书。马雷克听上去半信半疑，不过同意和沃克面谈，进行一次“快速对话”。

“什么时间合适？”沃克问。

“今天来可以吗？”

“可以。”

“你很快就能来吗？”

“那样最好。”

“大概一个小时之内？”

“没问题。”

沃克挂上电话后拦了一辆出租车。他心里充满期待，都没注意周围的景色，直到车子将他带到仓库区的码头边。他找到了那栋大楼，按下门铃。对讲机里的声音响起，马雷克让他上去。

演播室是个大型仓库，被分隔成一块块独立的区域。马雷克出来迎接他，两人握了握手。他比沃克矮，穿着旧汗衫和牛仔裤，胡子上似乎还留有浓缩咖啡的残渣，黑色的眼睛周围有着明显因缺少睡眠导致的黑眼圈。沃克脑子里不禁出现了一个半夜吃完饭回家的男人，自己煮咖啡，然后坐下来工作到天亮的场景。

等咖啡好了后，他们走到演播室的后面，马雷克称这里是他的办公室，其实是从演播室隔开的一部分，里面有桌子、电话、两把椅子和一些制图工具。沃克将录音机放在桌边，开始询问马雷克关于电影的事情。他显然对谈论过去制作的电影没什么兴趣，让沃克感到欣慰的是，他非常急切地想要回答关于这部新电影，“城市蒙太奇”的问题。

“我们各印了五千份小册子——你已经看过了，对吧——用五种不同的语言。所以一共是两万五千份宣传册。我们在酒吧、餐馆和画廊里都投放了，然后在9号那天的黎明开始在城里各个主要的旅游景点进行发放。”

马雷克一边说一边从身后的架子上取下一个暴风雪水晶球，里面是这个城市著名的大教堂。他摇了摇水晶球，里面的雪花围着教堂模型的双塔打转。

“我们不知道会有什么样的回应，觉得最多可能会有两千份回复吧。有太多的地方可能会出问题。你知道，人们可能会看也不看就扔掉；有的人看了但不感兴趣；还有的人想做，但等他们回到家，也许就把小册子或地址弄丢了，或是没时间去做了；还有可能他们觉得别人不会对自己的照片感兴趣。这都取决于人们对此事的第一反应，整整一周的时间里，什么都没有发生。接着有一些当地居民寄来的东西，但三周过去了，似乎没什么效果。”

雪花已经停住了，可以清楚地看见大教堂的模型。马雷克又把它拿起来摇摇再放到桌子上。沃克一直盯着雪片安静地飞舞。

“然后开始蜂拥而至了。我收到世界各地寄来的东西，德国、希腊、日本、澳大利亚。照片持续不断地寄来，直到一个月前——差不多一个月前才停止。接下来真正的工作开始了。寄来的东西简直太棒了，数量也多得让我们的筛选工作艰巨万分。这也是我们前几个月里一直在忙活的事情。”

“那么影片采取什么样的表现形式呢？”沃克问道，像个真记者一样点着头。

“首先，我们需要把所有的材料按时间顺序编排。这其实比你想象的要简单。个人胶卷里的照片都是有时间顺序的，此外还有其他的时间暗示——阴影啊，光线啊。有时候甚至照片里会有时钟。我们做好备份后，按时刻进行分类。同时我们按照地点归类，比如说所有关于圣彼得罗广场的照片归成一类。这样进行分类的时候会形成一个交叉对照。这样下一步的剪辑组合就会相对容易点，不过你知道的，这需要花费大量的时间，还处于只见树木、不见森林的阶段。”

“你不知道要采取什么样的表现手法？”

“某种表现手法最终会出现的，但在如此大量的材料面前必须先做好梳理工作。而且还有各种各样的技术问题，如何整合这些照片，怎么处理移动画面，采用哪种叙述方式。”

马雷克等着下一个问题。他们两个人都盯着已经静止下来的暴风雪水晶球看。

“我在想，”沃克说，微微调整了一下坐姿，“也许可以追踪某个人在那天的行为。我的意思是，某张照片上的人会突然出现在下一个角落，然后接二连三地出现在不同的地方。这样就可以将某个人在当天的行动串起来。”

“这是我从没有想到过的，”马雷克说，“但不错，可以试试看。”沃克看得出来，这个主意一下子吸引住了马雷克。他沉默不语，沃克知道他已经在思考这么做内在的可能性以及会遇到的困难了。他拿起暴风雪水晶球，倒放在手掌上，看着沃克。录音机还在转动，记录着两个男人之间的沉默。

“也许你在来找我之前就有这个想法了。”最终马雷克开口说道。

“也不完全是。”

“但你对这个想法的兴趣似乎要超过……你在写的那本书叫什么名字来着?”

沃克笑起来：“我在找一个名叫马洛里的男人。我相信4月9日他在这个城里，就是你要制作电影的那一天。”

“那是个巧合。”

“我越琢磨这个词就越不确定它的含义。有时候我认为它意味着恰恰相反的情况。”沃克说。

“不可避免的巧合。”马雷克说，并等着沃克继续。

“不知道是否能够在你的电影里找到这个男人，看看他都做了些什么。”

“那肯定会对这部电影的完成进度有影响。”

“是的。”

“你为什么对这个男人那么感兴趣?”

“一言难尽。”

“他犯罪了吗？”

“据我所知没有。”

“警察没有在找他？”

“可能在找。”

“你跟警察不是一起的？”

“不是。”

“你是失踪人口调查处的？”

“不是。”

“你是追踪者？”

“不是。”

“那你是干什么的？”

沃克耸了耸肩。

“你有这个人的照片吗？”马雷克问。

“有的。”

“让我看一下？”

沃克从钱包里拿出照片，打开后递过去。

“你知不知道他在某个地点的具体时间？否则很难着手。”

沃克摇摇头。

“那就好比在干草堆里找根针。”马雷克说。

“嗯，也许那反而更容易些。”沃克说。

他们在下午开始寻找，推定马洛里一定经过过共和广场，最核心的广场，他们就从那一堆，也是数量最大的照片堆之一开始着手。基于马洛里不会主动拍照，他们忽略掉那些照片中的主角，把注意力主要集中在照片边缘的人影上，在那些无意中被拍到的人里面找。

这是项细致、枯燥的工作，到凌晨两点钟，他们最初的热情已经被乏味而无成效的劳动消磨殆尽了。这堆照片里，他们还有三分之二没有看，不过决定要休息一会儿，早上再继续。马雷克在演播室里到处找折叠床，然后两个人坐在桌边喝啤酒。他们累得两眼昏花，一副傻乎乎的样子，好似对这件事情上瘾了一般，即使在闲聊的时候，他们也继续挑剩下的照片，一张张地看。沃克喝光了最后一滴啤酒，拿起最后一张照片——马洛里在上面。照片上，一个日本女孩对着相机微笑，肩上背着个包。前方地面上拍照人的影子朝向她。她的右边是一对坐在台阶上吃东西的情侣，左边朝着照相机走去的人就是马洛里。沃克将照片拿到放大镜下，马洛里模糊、颗粒状的面孔赫然出现在眼前。

“我找到他了。”

马雷克绕过桌子从沃克的肩部看过去：“你确定是

他吗？”

“我看看。”马雷克用放大镜看，再看原图，然后再用放大镜看。

“我们可以正常工作了。”他说着，开了瓶难喝的威士忌以示庆祝。他们做着鬼脸，相互拍了照。

休息了十分钟后，他们重新回到办公室，喝着黑咖啡，嚼着羊角面包。

“好，现在是这几个月对照片进行交叉对照的劳动有所回报的时候了，”马雷克说，“我们要做的第一件事是从这些按时间排序的照片副本里找到那一张。”沃克跟着他走出办公室，来到演播室，那儿满盘的照片靠墙堆放着。马雷克拿出几盘找起来，直到找到那张照片的副本。“它大概是在十点四十分的时候拍的。好，现在我们可以猜猜看他去了哪里，在相关的地点照片里找——但如果他没有出现在那儿，我们还可以借助于这些按时间排序的照片堆，查看每一张十一点之后拍摄的照片。”

马雷克沿着成排的照片移动，取出四盘鼓鼓囊囊的照片。“好，他正走向维亚皮萨诺广场。让我们假设他继续在那附近，那么下一个要找的地方应该就是威尼斯广场。”

马雷克的预感是对的。一个小时后，他们再次发现了马洛里，非常模糊，只能靠衣服辨认出是他，他出现在一张小男孩喂鸽子的照片的边角。接下来，马雷克猜想他去了维亚沙拉维亚广场。在那儿没找到马洛里的痕迹，于是他们又求助于按时间排序的照片堆，在十二点十五分拍摄的照片里找到了他，他站在两条小街道的拐角处。

就这样，到中午他们已经找到了一堆马洛里的照片。他这么频繁地无意中被相机捕捉到，对此沃克感到非常吃惊。照相机像神灵一样，什么都逃不过它。

他们继续追踪马洛里在这个城市的足迹。马雷克挂起一张街区地图，将马洛里的路线和大致时间做了标注。在一张仔细合成的圣彼得罗广场照片里，他们偶然发现了马洛里。圣彼得罗广场是继共和广场之后游人最多、照片量最大的一个景点，又有两张照片显示他从广场的西北角走到了东南角。接下去他们又在一张照片很中心的位置发现了他，照片上还有一对非常模糊的年轻情侣。再后面是一段录像画面，在穿过广场的人群中，他们看到他走进连接维亚罗马纳广场和维亚德尔科索广场的小巷里——在那儿，他正好被照进一张加里波第将军雕像的照片里，从照片上看，那尊雕像上方的天空光线折射得厉害。在另一张照片上，一个穿白裙子的女孩正弯着腰在一个非洲人的摊子上耐心地挑选凉鞋和腰带，马洛里正往画面外走。在维亚圣马可广场，他被无意间拍到站在拍照人和拍摄对象中间。在一组八连拍中也可以瞥见他的身影，拍照者当时正在穿过人群。

然后他消失了近一个小时。重新找到他的踪影，是在一张大教堂广角照片的台阶上。

“那是什么时间拍摄的?”沃克问道。

“傍晚时分。看影子就知道了。这是光线暗下来之前最后一张照片。很快天就黑下来，那天有一场不可思议的大雷雨。”

这也是他们所找到的马洛里的最后一张照片。看完剩下的照片没花多少时间：只有专业或最马虎的摄影者才会继续在昏暗的光线下拍照。到九点钟只有很少的几张照片了，照片里大教堂被绿色的聚光灯照得雪亮，或是街道充斥着鬼火般的红色黄色车灯。

沃克将那些照片和地图都复印了一份。回到酒店后把它们摊在地板上。他撬开一瓶啤酒，对着瓶子喝了一大口，再把酒倒进玻璃杯里。他坐在床上，一边喝酒一边盯着地板上的照片。他的注意力总是被马洛里在大教堂台阶上的那张照片所吸引。马雷克已经放大了部分，可以看到马洛里的全身。这是马洛里最后一张照片的事实使得这张照片格外叫人感兴趣，但它同时还有股难以捉摸的熟悉感。沃克重新去看其他的照片，在照片堆里翻来翻去，直到看到他第一次见到马洛里长相的那张照片，是他在伊比利亚时收的传真。那张照片上只有个脑袋，微微向右侧倾斜。把这两张照片摆在一起就能发现它们惊人地相似。其他东西都被遮蔽掉了，但他看得出来大教堂照片上马洛里的头部和肩部就是最初那张照片的翻版。连续的放大导致某些细节在一张上显示为彩色的污渍，在另一张上则是灰色的，但背景是一致的。这两张照片都影印于——不过一张是正确的方式，另一张是错误的方式——同一张底片。

沃克盯着这些图像，没有试图去推测这个发现的重要性或含义。他拿起录音机扔到枕头上，又倒了杯啤酒，认真地喝着，品尝每一口的味道，还有冰冷的玻璃杯拿在手里的感觉，以及瓶底细细密密的小水珠。

开始下起雨来。百叶窗在风里嘎吱嘎吱响。书桌上有一部电话，看上去像从来没有响过一样。他躺到床上，按下录音机的录音键，听着磁带慢慢转动的声音。外面有着微弱的车流声。大教堂的钟声在雨里闷闷地响着。他试着什么都不想，只注意房间里的细节：床罩、墙纸、空衣橱里的衣架、餐具柜上小袋的咖啡和方糖。

他走进浴室，蓝色的浴巾挂在毛巾架上。他站在淋浴莲蓬头下，直到水变冷了才走出来。他擦干身体爬到冰冷、上过浆的床单上。床头柜上有个闹钟，细细的绿色数字显示时间，还有盏台灯，他在那儿开了关、关了开，最后关上灯。

第十七章

他早早离开了酒店，在地图的帮助下开始重现马洛里在这座城市走过的路线，试图在同样的时间去同样的地方。他在这么做的同时有意识地避开那些带着相机的人，即使这样，他一天里面也被游客的相机拍到过好多次。

他看到马洛里所看到的：天空中飘浮的云朵、冰激凌小贩、孩童、穿着T恤和宽松裤的情侣、在阅读的人们。他看到马路上一副被碾碎的太阳眼镜，鸟儿疾飞的影子，老城墙边草地上的烟蒂。他什么都注意到了，但他看到的一切都好像是记忆。没有什么令他意外的东西。他所见到的瞬间就被大脑吸收了，仿佛跳过了认知的过程。他不断地想着如何能清楚地把这种现象表述出来并理解，但从以往的经验来看，最好随它去，让所有的事情都顺其自然地发展，不需要他去理解。

时间继续流淌，从早上到了下午。他看见阳光集中在广场上，细沙子静静地躺在鹅卵石中间，凉爽昏暗的房子里上演着一幕幕生活剧。他在一家酒吧里喝咖啡，墙上贴满了当地足球明星的照片。他盯着杯子里褐色的咖啡沫。切开的糖块晶体。玻璃杯里的一片柠檬。烟灰缸里扭曲的烟蒂。揉成一团的餐巾纸。邻桌上有个空的咖啡杯，上面留有一块口红印。他在想是否有可能凭此确定刚刚在这儿喝咖啡的那位女士的身份？她的生活，她是如何度过每一天的，她所见到的事物，她所爱的男人？

当他从酒吧出来的时候，天已经变成柠檬色，开始渐渐转暗。他继续沿着马洛里的足迹在城里转悠，穿过一个迷宫般的窄小街道后，他发现自己来到了大教堂前。广场周围那些局促拥挤的房屋都是为了满足教堂巨大的空间要求。沃克抬头仰望耸立在面前的双塔，他的视线一直被拉向天空。大教堂高高在上，似乎每一部分都比其他部分显得更高。典雅高贵，真是典雅高贵至极。

阳光已经从城里的其他建筑上挪走了，只剩下大教堂的双塔还沐浴在阳光下。沃克推开木头大门走了进去。大教堂里空荡荡的，没有人也没有长椅。沃克沿着中殿往前走，他的脚步声打破了这里五百年来的沉寂，穹顶上的回声仿佛在对此表示抗议。这里的空气不流通但很新鲜，让他想起那个乡村小教堂。古老的墙角盛开着鲜花，褐色的泥土。紫色和黄色的花瓣在风中摇摆。

他抬头看彩绘玻璃窗，上面画着一组人物图，闪闪发亮：一位身穿蓝白盔甲的骑士，一个女人两手捧着一个金杯，好像在一边祈祷一边把金杯送给骑士。骑士走过闪烁的烛光，死去骑士的坟墓。

祭坛前面是讲经台，上面有一本厚重的《圣经》。他打开《圣经》，在用黑丝带作为书签的那一页发现一个信封，被书页的重量压得扁扁的，上面用墨水写着他的名字。当他撕开信封时，整个教堂都回荡着撕纸的声音。信封里面是折成三折的蕾切尔之前给他的文件，已经签好字、按好指纹了。他弹了弹纸张，又朝信封里看，看会不会有个说明的纸条之类的。但什么都没有。

门栓的响声让他转过身来。大门打开的同时，三个人影——卡佛在中间——显现在勉强透进来的阳光下。沃克挪到唱诗班席的阴影里。教堂的大门再度被关上。三个人影朝他所在的方向走来。

沃克对这座教堂的布局一无所知：即使还有其他的出口他也不知道在哪里。他没看到有其他的门，但发现自己正站在通往教堂双塔之一的楼梯旁边。他往后扫了一眼，那三个人影正有条不紊地穿过中殿，于是他开始沿着冰冷宽阔的楼梯往上爬。旋转式的楼梯越来越陡峭。他听到后面的脚步声。他被逼得只能继续往上爬，他的选择决定了只能往高处走。

当脚步声越来越近时，他等在楼梯的转弯处，一只手握住旋转楼梯的轴心。一个男人的脑袋——沃克认出之前在阿森松屋顶上碰到过——冒了出来。一秒钟之后，那人刚一抬眼，沃克的脚已经踢到了他的喉咙。他跌下楼梯，沃克紧追过去，追上时他已经双膝跪立起来。他抓住沃克的脚踝，两人一起往下滚去。停下时，他压在了沃克上方。他的膝盖顶在沃克的胸上，两手卡住他的喉咙。利用身体的重量，沃克成功地翻到了对方的身上，又沿着楼梯滚下去。沃克抓住楼梯扶手站起来后又给了他一脚。那个男人护着脑袋往下滚去。照这样下去，似乎沃克可以一直将他踢到教堂的地板上。他继续攻击，这次那个男人躺在楼梯的拐角处不动了。

他能听到下面有更多的脚步声。他在那儿站了一会儿，喘着粗气，不确定接下来要做什么，然后继续往上爬，尽管已经眼冒金星了。他来到一个小凹室，那里被锁上了，不过门非常老旧。他踢了一脚，门栓松动了一些，红色的夕阳照进门缝里。他再一脚，门被踢开了，一个鸟巢也随之被打翻，两个鸟蛋摔向空中，落到窄窄的岩棚上摔碎了。他弯腰走进去，被染成红色的天空包围着，脚踩在滑溜溜的蛋液上。这是双塔旁边一个狭窄的岩棚。一只鸟尖叫着冲向他的脑袋：拍打着脏兮兮的翅膀，鸟嘴刺向他的眼睛。他赶走那只鸟，想沿着岩棚离开这里，随即意识到这也没用——他们会猜到他在哪儿。他退回来继续往上走，然后静静地蹲在楼梯的拐角处。

几秒钟后，他听到有人走进那个岩棚。他试图想象那个男人的行动，看着夕阳满屋的岩棚，猜想沃克已经从这儿逃出去了，但在追过去之前犹豫了一、二、三秒钟。

沃克也犹豫了关键的几秒，然后悄悄地走回凹室。那儿没有人：他已经沿着岩棚走出去了。突然，一个人影出现在门廊，背对着鲜红的夕阳。他们同时看到了对方。沃克朝那人冲过去。人影笨拙地下蹲，绷紧身体，抬脚踢向沃克。脚擦到了沃克的头，但他猛地推开手足乱舞的人影，一直把他推到那扇破门边。他继续推打人影，而对方一只手还击，另一只手抓着生锈的门栓，把自己牢牢固定住。沃克用力抽出一只手来把他推向门外。他失去了平衡，但抓住了沃克的衣领，拖着他往岩棚外跌跌撞撞地走。两个人纠缠在一起。沃克再次用力挤，高耸肩膀，身子往后拉，于是夹克衫从他的肩头滑下。他的对手踉踉跄跄地往后退，一步、两步，抓着那件夹克衫像一只拍动翅膀要攻击他的鸟。下一秒，那里除了夕阳空洞的红色之外，什么都没有了。

沃克继续往上走。因为之前的跑动，他感觉腿部火烧火燎的，空气灼烧着他的喉咙。楼梯的尽头是一扇锁着的门，他无法把它弄开。于是他往回走，直到来到一扇窄窄的无玻璃的窗户前。他探出头一看，发现有个窗台，宽度刚好可以让他通过，沿着窗台可以走到一块微微卷起的装饰性石头上，从那儿可以爬到塔顶。

听到下面的脚步声，他赶紧钻出那扇拱形的窗户，站到窗台上；放眼望去，整座城市都聚集在大教堂周围。远处的河水像扁扁的锡箔纸一样闪着橘红色的光。他往下看，天空仿佛被缝在了大楼这块面料上，缝进了狭窄的窗户和飞檐走壁里。一切都是垂直的，除了远方弧形的地平线。并不仅仅是他在被追踪：大教堂里某样内在的东西在促使他往上爬。

那个窗台的宽度仅能容纳他的脚，不过头顶上方有足够多的地方供他做抓手，这样他就可以稳住身体慢慢移动了。他感到风在撕扯着他的衣服。马上就会有一场暴风雨席卷整个城市。他拖着脚往前走了几步，觉得脚下的石头在坍塌。他尽量把身体的重量都放到手上，又试着走了一步，但窗台破损得太严重，无法支撑住他。不可能再往前走了。他开始往回走。

离窗口还差三步的时候，他看到了卡佛，后者正在往窗户外钻。他一只手抱着窗户中心的柱子，另一只手上拿着把生锈的铁撬棍。沃克什么都做不了：一头有卡佛挡住了他的退路，另一头破旧的窗台无法承受他的重量。

卡佛在说话，但被大风吹散了。然后沃克听见他说：“就这样了。你来选择。要么你把信封递过来——要么等你掉下去的时候，我自己从你那儿拿走，天知道那时你身上还剩下什么。”

天色开始暗下来了。泼墨般的乌云笼罩着全城。

“选哪个?”

时间仿佛静止不动了。沃克什么也不说。

“我差点忘记了，”卡佛说，“我有东西要给你。你落在酒店了。”他放下铁撬棍，手伸进口袋，掏出一根银链子扔向沃克。链子掉在窗台上，就在他的脚边，然后滑下去不见了。

当他再抬起头时，卡佛已经捡起铁撬棍，从窗户里探出更多的身子，挥动铁撬棍向他打来，击中了他的胳膊肘。沃克感到手臂一阵疼痛。他沿着窗台一寸寸地挪动，手指紧紧地抠进石头缝里。他将右脚往前伸了几英寸，感觉窗台开始剥落了。就是这样，再往前一英寸都不行。卡佛再次发动进攻，打碎了他左手的指关节。他的手指从墙上滑下来，这一击使得手指失去知觉了。右手还抓在墙上，他的身体被转了一个小小的弧度，左脚滑下了窗台。现在他背对着墙壁，左脚跟胡乱摸索着要找一个立足点，等着手重新恢复力气。他瞥见溅在鞋头上的鸟蛋，就像从高处看一具摔得稀巴烂的尸体一样。

轰隆隆的雷声从河那边的屋顶上传来。成片的乌云出现在天空上。

沃克扫了一眼大教堂的双塔，滴水怪兽们在那儿伸着脑袋。远处突然划过一道细细的闪电。卡佛又挥起了铁撬棍，这次落空了。飕飕的风几乎要将他吹下墙去。他看见卡佛的身子往外探得更厉害了，以至于他不得不紧紧抓着窗户的边缘支撑住身体，准备好袭击。那几秒钟漫长得如同一辈子。卡佛向后举起了手臂。沃克看向对面的另一个塔。

他弓起膝盖纵身一跃，向对面的塔跳去。天空仿佛都惊讶地抽了一口气。气流在他耳边呼啸。他跌落在天空之巢里。

他的手抱住了一头滴水怪兽，两肩的肌肉都像被撕裂了一般。由于着力太过突然，他的右手滑落了。他还没来得及重新抱住，好稳住身体，肿胀的左手撑不住了，也滑了下来，于是他又掉了下去——直到右手钩住了滴水怪兽的牙齿：他靠一只手臂吊在怪兽的嘴上，石牙咬住了他的手。

雨开始下起来。他用另一只胳膊抱住滴水怪兽隆起的后背。在这么做的时候，滴水怪兽的下巴将他的手全吃了进去，手指嵌进去了一会儿，接着他的那只手臂也抱住了滴水怪兽的脖子。他的肩膀着火般地疼痛，不过脚可以抬起来，他将两只脚紧紧地钩住滴水怪兽的后背，这样就可以抱着它，脸一点点地从怪兽张开的大嘴挪到斜视的眼睛上。

雷声大作。雨越下越大，滴水怪兽嘴里喷出的水全到了他的脸上。他挂在那儿，积攒着力气，然后开始扭着身子往滴水怪兽的后背上爬，一只膝盖钩住怪兽的脊背，另一只也荡过去。他拽着怪兽的耳朵用力起身，终于跨坐在了它的背上，像个瘫倒在石头矮马上的伤员，浑身被大雨浇得透湿。

他在黑暗里呕吐。闪电鞭打着这座城市。他向对面的塔望去，但没有看到卡佛。

他扶着墙保持平衡，变换了一下位置，开始在滴水怪兽的背上行走了。这么做让他一阵晕眩，但他一旦稳住身子就马上逼迫自己站好，后背和手臂紧紧贴着墙，直到完全站直。当他转身寻找抓手好爬上塔顶时，两只脚在怪兽窄窄的脊背上摇摇晃晃。他挺直了身子，抓住一块突出的石头，石头被雨水冲刷得滑溜溜的。他停顿了一下，等这阵眩晕过去。血顺着他的头流了下来，又一阵猛烈的呕吐感袭来。当这些平息了之后，他开始往上爬，用脚在墙上摸索着，直到找到一个立足点。他知道如果停下来就不会成功了，他用腿蹬，一只手臂把身子往上拉，另一只手胡乱地在墙上摸，然后抓住了塔顶的屋檐。他将身体的重量都挪到那只手臂上，另一只手也够到了屋檐。接着，知道自己只差一步了，他一使劲，终于肩膀与屋檐齐平了。他一只胳膊搭上矮墙，费力地爬了上去，整个人瘫倒在屋顶上。

头上的血如泉涌。黑夜中电光闪闪。雨水把他浇醒了。他的头正歪在一摊黑水里。他用胳膊肘把自己撑起来，肩头一阵疼痛。勉强坐了起来。

四周的水洼被闪电照得银光闪闪。他一抬头就看到卡佛在雨中哆嗦着朝他走来。

他眼看着卡佛越走越近，实在是筋疲力尽，连恐惧都不起作用了，他太虚弱，浑身痛得无法动弹。他开始说话，但到处都是雷声，把他的声音淹没了。等雷鸣声停歇的时候，想说话的冲动也随之离去了。雨水像针一样刺在脸上，他只能眯着眼睛往上看。卡佛已经如幽灵般出现在他面前，举起像斧头一样的铁撬棍。

沃克呆呆地看着，等待着一切结束的那一刻。这时卡佛背后亮起一道闪电，仿佛把天空劈成了两半。闪电击飞了铁撬棍，击中了举着它的人。火焰迅速吞卷了他的头和身体。那一刻仿佛有巨大的闪光灯亮起。接着他缓缓向前倒在了黑暗中。一股烧焦的味道，焦黑的尸体在雨中冒着烟。

沃克躺在原地，任雨水冲刷着他的脸，他眼里还全是卡佛被闪电击中时的影像，手里得意扬扬地举着铁撬棍，就好像是他自己亲手招来了死神。沃克看着大教堂的双塔，它们在雨里显得格外恐怖。

闪电笼罩着整座城。

雷声听起来像巨人在咆哮。

第十八章

上午时分，建筑物都还处在阴凉当中。沃克的火车一个小时后开，他正一瘸一拐地前往火车站，浑身上下哪儿都疼。他的左手臂缠了绷带吊在胸前，但稍一动作肩膀就会痛。

湛蓝的天空妥帖地位于城市上方。越过狭窄的建筑群，他看见大教堂的双塔。他在咖啡厅点了杯特浓咖啡，坐在那里看着人来人往，思考着自己从过去这几个月的经历中是否学到了些什么。也许在今后的人生中，他会感觉不一样，但在此刻，他想得越多越觉得不确定。他没有变得更忧伤或更睿智。唯一能够确定的是他尽力去做了某件事，现在可以回家满意地待上一阵子了。去海边散步，看海浪汹涌；睡在同一张床上，看着同样的风景，如此日复一日。就像工厂里的工人换班一样，他也可以回家歇一阵子了。这场搜寻进行的时间越长，他越希望会有最终的真相大揭露——但如今，这种期望显得如此荒唐可笑。你所能期望的最好的事情就是摆脱那无休止的渴望，至少能消停一段时间，好好歇着，什么事也不发生。

他掏出蕾切尔的照片，近距离地看了好几分钟，然后再收好。它看起来像是一张来自梦里的照片，什么都证明不了，却承诺了一切。他在那儿继续坐了一会儿，付了咖啡钱，然后起身离开，小心不碰到受伤的胳膊。

他沿着维亚但丁广场走到河边。一层水藻将河水裹住了，使整条河看上去像块绿色的海绵，厚得都能走人。走在那座装饰华丽的桥中间的时候，他捡起一块石头扔到河里。轻轻的一声扑通，一道细小的裂缝出现在绿色薄膜上。没一会儿裂缝就消失不见了，绿色的海绵又完好无损。他的视线沿着弯曲的河水移向远方。这里有装有百叶窗的房子，还有几只河鸥。

桥的那头有一个收费电话亭。他拨了蕾切尔的号码，但没有人接。从附近的窗户里——他向四周看了看，但无法肯定确切的位置——传来一阵电话铃声，那户人家也没人接听。他让电话又响了两下，然后挂断。

也许这样也好，如果他在睡觉的话，也不想被吵醒。他想跟她说话，但不知道要怎么说，也许他在回家的路上能想到；也许还不行，要等见到她才知道，甚至可能连见了面也不知道。家，多么熟悉的东西，他在嘴里念叨着。

他听到的电话铃声还在响，不过现在好像弱下来了，仿佛那个打电话的人也已经放弃希望了。沃克再次拿起话筒，打给马雷克，对方立刻接听了电话。

“你好，我是沃克。”

“沃克。天哪！你在哪儿？”

“在城里，去火车站的路上。”

“我是说，发生什么事了？你上哪儿了？现在又要去哪儿？”

沃克笑了笑，说：“如果我没有记错，塞尚有幅画的名字好像就叫那个[①]。”他听见话筒里面马雷克的笑声。

“实际上是高更的画。”

---

① 名画《我们从哪里来？我们是谁？我们往哪里去？》（*Where Do We Come From? What Are We? Where Are We Going?*），由法国后印象派画家保罗·高更于1897年创作。

“是高更啊。好吧，管他呢，你怎么样？”

“我很好，不过你呢？你要去哪儿？”

“回家。我的火车半个小时后开。我打电话来是说再见的——也祝那部电影好运。”

“那发生了什么事？你找到马洛里了吗？”

“没完全找到。”

“那是什么意思？”

“嗯……我说过了，意思就是我准备回家了。”他说，很高兴又有机会说到这个词。

电话那头沉默了一会儿，然后马雷克说：“嘿，听着，我们后来又找到了一些胶片，八连拍的。”

沃克回头看了看桥，熙熙攘攘的人流，背着购物袋的，拎着包的，戴着太阳镜和帽子的，当然还有带着相机的游客。

“沃克？你还在吗？”

“在的。胶片上有些什么？”

“你不想来看看？”

“不。”

“你要我告诉你上面有些什么吗？”

“不。好吧。”

“你没事吧？”

“没事。不好意思。继续说。”

“我想应该是那天之后，或晚些的什么时候被拍到的。”

沃克的眼角扫到一只鸟俯冲向河面，然后在上面滑翔。

“接着说。”他说。

“胶片上显示他在维亚但丁广场，靠近河边。他走在桥上，然后在桥中间停住了，在桥那头他……”

沃克松开手，任由话筒掉了下来。话筒在那儿荡来荡去，随风摆动。

沃克一瘸一拐地离开了，不过走了好几步还能听见马雷克的声音，虽然越来越微弱，在那儿解释着马洛里是如何离开电话亭，穿过维亚圣马可广场，把河水留在了身后，仅回头看了一眼就消失在了维亚圣洛伦佐广场的人群里。